KEITAI SHOUSETSU BUNKO SINCE 2009

クールな優等生の
甘いイジワルから逃げられません！

柊 乃

スターツ出版株式会社

イラスト／覡 あおひ

「なぁ、好きなヤツいんの？」
「……さあ」
「……答えろよ、はのん」

甘え上手／裏アリ
中島琉生(なかしまるき)
×
上月(こうづき)はのん
甘え下手／マイペース

どうかしてる。
　生意気で、全く俺の思いどおりにならない女なのに
——"可愛い"と、思うなんて。

「熱あるときくらい、甘えさせてよ。……ね？」

　コイツは絶対、俺のもの。

宮田 ミカ(みやた ミカ)

はのんの親友。優しくて、よく相談に乗ってくれる。お嬢様高校を志望していたが、インフルエンザで不合格になり西高に来た。校内にラブラブな彼氏がいる。

堺井 遼(さかい りょう)

はのんの幼なじみ。全国模試でも上位に入るほどの秀才で、生徒会長をしている。しっかり者で面倒見がよく、先生たちからも頼りにされる存在。

contents

第1章 キケンな王子様

口封じ	10
支配者	17
マイナス	31

第2章 意地悪なキス

悪魔	52
笑顔	70
空虚	95

第3章 わからないココロ

甘え	120
トクベツ ～side琉生～	135
大好物	140
不機嫌	166
帰り道	183
ゼロ	198
利用	219
スカート	231

第4章　甘いホンネ

再会 ──────── 244

願いごと ─────── 266

宣戦布告 ─────── 282

嘘つき　～side琉生～ ── 295

秘密 ──────── 299

好き ──────── 314

特別書き下ろし番外編　　323

あとがき ─────── 338

第 1 章
キケンな王子様

口封じ

　目を疑った。
　木々が鮮やかに色づき始める秋。
　時刻は午後4時半を回ったところ。
　場所は裏庭、のさらに奥。
　校舎の壁に頭をつけて、気だるそうに立っている人影。
　それがクラスメイトの中島くんだとわかったのと、彼がこちらに目を向けたのは、ほぼ同時。
「……あ」
　と、一瞬驚いた顔をしてみせたものの、彼は顔色一つ変えず。
「わお、見つかっちゃった」
　なんて、へらっとした笑顔をこちらに向けた。
「あんた、たしか俺と同じクラスだよね。そして生徒会メンバー。うわあ、厄介だ」
　すぐに返事ができなかったのは、目の前の中島くんが、私の知ってる中島くんじゃなかったから。
　中島琉生くん。
　この高校の、優等生の1人――だったはず。
　成績は学年2位、制服をハデに着崩すことも、ピアスをあけることもなく、授業にはちゃんと出席して、いつもニコニコとやわらかい笑顔で誰にでも優しく対応する……。
「あんたは何も見てない。そうだよな」

なんて、嘘だ。
「いや、えっと。私……」
　なに、この威圧感。
　なに、この口調。
　知らない、知らない。
　この人を怖いと思ったのは初めて。
「掃除時間はもう終わったし、放課後こんなところに来るヤツなんていねぇと思ってたのにさ」
　チッと鋭い舌打ちが飛んでくる。
　そう、ただ中島くんがそこに立っているだけ、ならよかったんだ。
　右手に、"そんなモノ"さえ持っていなければ。
　とはいえ、ほぼ男子しかいないこの元男子校では、こういう行為自体は別に珍しいものじゃない。
　問題はこれを、"優等生の中島琉生が持っている"というところにある。
「俺、大学行きたいんだよね。このまま何もなければ、いいところの推薦がもらえる」
　つまりは、黙っておけと。
　心配しなくても、わざわざ先生に報告するようなことはしないのに、と思った。
「……大丈夫。言わないよ」
　だけど、その許しの言葉を口にしたとたん、心の奥底から、何かムカムカとした怒りのような感情がわいてきた。
　私だって、少しでもいいところに進学したいとは思って

るし。
　だから最低限のルールを守って学校生活を送ってる。
　中島くんには敵わないけど勉強だってしっかりやっているつもり。
　気づけば口を開いていた。
「でも、自分が見つかっちゃまずいと思ってる、学校内で煙草を吸うってどうなの？」
「……は？」
「少し自制すればよかった話だよ。私に見つかったのは完全に中島くんの落ち度なのに、なんでそんなに偉そうなの」
　頭の中で、止まれ自分、って思った。
　何を言ってるの、いいことないよ、絶対——って。
　でも——。
「人にものを頼む態度じゃないよ、それ……」
　語尾が弱々しくなりながらも、最後まで言いきってしまった。
　ずっとゆるやかに口角を上げていた中島くんから、ふと笑顔が消えた。
　あ、まずいかも、と目の前が暗くなる。
　たぶん、普段どおりの優しい態度で接してくれていたら、私も違う対応をしていたと思う。
　ただ、あまりにも違いすぎたから。
　それに、優等生中島くんの"本性"と思わしき部分を目の当たりにして……というか、少しも隠す素振りもなく、見せつけられたから。

第1章　キケンな王子様

「……へぇ、口ごたえするなんて予想外」
　私、選択を少し、いや、かなり間違ったかも。
　今の、絶対言わないほうがよかったな、なんて後悔してももう遅い。
「少し話をしようか？　上月はのんちゃん」
　再び見せられた笑顔は、悪魔のように冷たかった。
　ちゃん付けで呼ばれるなんて、やっぱり私の知ってる中島くんじゃない。
　それに、さっき『たしか俺と同じクラスだよね』なんて言ったくせに、私の下の名前までしっかり知っていることに驚いた。
　でも今は、そんな呑気なことを考えてる場合じゃなくて。
「お話は、けっこうです……」
　生徒会室のゴミを捨てに来たのも忘れて、そのまま回れ右をしようとしたけど、中島くんはそれを許してくれなかった。
　肩をつかんで、無理やり向かい合わせられる。
「待ちなって。俺が話したいって言ってんだ」
「私は話したくない……じゃなくて！　大丈夫、言わない。先生にも誰にも言いません……」
「信じられるわけねぇだろ。ついさっきまで俺のこと非難してたヤツの言うことなんて」
「う……」
　どうしたら信じてくれるの？
　さっき言ったことは本心だけど、本気で先生に報告しよ

うと思ったわけじゃない。
　そもそも、伝えたところで私にメリットがあるわけでもないし……。
「あー、もういい。時間の無駄」
　あ、諦めてくれたのかな。
　これで離してくれる、とホッとしたのもつかの間。
　つかまれてた部分をさらに引き寄せられて、目の前がふっと暗くなる。
　煙草のにおいと中島くんの体温に、私の体はすっぽりと包まれた。
　予想外の事態に固まるしかない。
　それから無理やり顔を上に向けられ、ちゅ、と小さな小さな音がして。
　唇と一緒に、思考まで奪われた——。
「におい、移った」
　耳元で声がする。
「これで、告げ口できないね？」
　私はいつの間にか、持ってたゴミ袋を地面に落っことしていた。
　それを呆然と眺めたのち、やっと声をあげられたのは、中島くんが体を離して10秒くらい経ってから。
「……ひどい」
　目の奥がジワッと熱くなる。
「こんなことしなくても、言わないのに……」
　自分で思っていたよりも自分の声が情けなくて、可哀想

になった。
　それなのに、目の前の相手は少しも悪びれた様子はなく、むしろ呆(あき)れた顔をしてため息をつく。
「えっ、泣くの？　こんくらいで……面倒(めんど)くさ」
　信じられない。
　キスしておいて、『こんくらい』とか。
　今までどんな生き方してきたら、そんなセリフが出てくるんだろう。
「もしかして初めてだった？」
　首を横に振(ふ)る。
　これは本当。
　私のファーストキスは……遼(りょう)くん。
　──幼なじみの、堺井(さかい)遼くん。
　この学校の生徒会長。
　誰もが認める秀才(しゅうさい)で、かっこよくて。
　そして……ずっと、大好きな人。
「ならいいだろ、別に」
　どこまで本気で言ってるんだろう。
　もう、限界。
「……じゃえ」
「……は？」
　少し眉(まゆ)をひそめた顔を、思いっきり叩(たた)いた。
「死んじゃえ、バカ！」

支配者

　私のクラスは他のクラスより真面目。
　それはたぶん、中島くんがいるからだ。
「どうしたの、クマやっば」
　次の日、寝不足のまま登校したら、親友のミカちゃんに笑われた。
「だって昨日、中島くんが……」
　うっかり口にしそうになる。
　慌てて周りを見渡して、中島くんがいないかどうか、確かめる。
　よかった、まだ来てないみたい。
「あのさ、中島くんのことなんだけど」
　声をひそめて、初めから打ち明けることはせず、さりげなく話題をつくる。
「中島くん？　……って、うちのクラスの中島琉生くん？」
「うん」
「まさか、好きになった？」
「っ、なわけあるかあ！」
　つい大きな声が出てしまう。
　思い出すと悔しい。
　夢ならよかったのにと朝から何回思ったことか。
「いやいや、正直になっていいんだよ。イケメンでー、優しくて、頭もよくて。むさくるしい男ばっかりのこの学校

の希望の光なんだから」
「ひどいよ、ミカちゃん。私に好きな人いるの知ってるくせに……」
　しょんぼりとうなだれてみせると「ごめんごめん」と頭をなでてくれる。
「はのんはずっと、生徒会長に一途だもんね」
　そうだよ。
　だから泣いたんだ。中島くんに、あんなにあっさり唇を奪われて。
「それで、中島くんが何？」
「昨日、ね……」
　キスのことを話すには、それまでの出来事も話さなくちゃいけない。中島くんが放課後、裏庭で煙草を吸ってました、ということも……。
　家に帰って真っ先に洗濯して乾燥機に入れたから、制服についた煙草のにおいはもう消えてる。
　だけど、最悪な口封じをされたおかげで、今バラしてしまったら、もっとひどいことされるんじゃないかと気が気じゃない。
　でも、ミカちゃん１人に言うくらい……と、思い直し、いざ口を開きかけた、そのとき。
「中島、おいーっす」
「どうした、今日遅ぇな」
　クラスの中心で騒いでいた男子たちが声をあげたから、目が合う前に、とっさに顔を下に向けた。

第 1 章　キケンな王子様 >> 19

「なに、はのん。お腹でも痛い?」
　急に机にうずくまるような姿勢をとったからか、ミカちゃんが心配そうにのぞき込んでくる。
「いや、違……う。なんでもない」
「そ?　ちょうど今話してた中島くん、登校してきたけど」
「うん、わかってる」
　だからだよ、見ないようにしてるの。
「それにしてもさぁ。なんで中島くん、あんな不良たちと仲良くしてるんだろう」
　ぽつり、とミカちゃんが声を落とす。
　たしかに、と私も思った。
　今となっては当たり前で、何も思わなくなったけど、2年生になったばかりの頃は、クラスの中心メンバーと中島くんがいつも一緒にいることが疑問だった。
　クラスの中心メンバーとは、いわゆる力のある不良の集まり。
　品行方正で、誰が見ても優等生な中島くんと、クラスを牛耳るタイプの不良たちがつるんでるのは違和感の 塊でしかない。
「中島くんが中心メンバーと仲良くしてるっていうよりは、中島くんが中心にいて、その周りを不良が取り囲んでるように見えるね」
　ミカちゃんの言葉は、まさに、そのとおり。
　今は慣れて当たり前になった光景も、改めて見ると、やっぱり少し不思議だ。

「このクラス、中島くんが従えてる感じあるよね」
「……ミカちゃん」
「うん？」
「やっぱり中島くんて、ヤバい人かも」

　不良がいるクラスでは、いわゆる優等生という真面目キャラは通らず、裏の権力に埋もれてしまいがち。

　元が真面目な人でも、それを表には出さず、不良に目をつけられないようにしている。

　中には、わざと悪ぶっている人もいるかもしれない。

　そんな中で、唯一の例外が中島くんだった。

「ヤバい人、かあ。よく考えれば、たしかにそうかもね。ああいうタイプ、普通はクラスの中で浮いちゃってもおかしくないのに」

　ガタイのいい体をしているわけでもないし、大きくて太い声を持っているわけでもないし、荒い言葉を吐くわけでもない。

　いつもニコニコとやわらかい笑顔で、誰に対しても優しい対応。

　それなのに、彼の言うことにはクラスの誰もが従うんだ。

「何よりイケメンだから、最初の頃はあたしも気になってたな～。今は彼氏しか見えないけど」

　言われてみれば、中島くんはとても整った顔をしてる。

　初めて見たときは、まさに"美しい"という言葉が当てはまる人だと、本気で思ったくらいに。

　悔しいけど、中島くんは綺麗で、かっこいい。

だけどそれは、あくまで見た目の話……！
　昨日のことも忘れて、危うく、一瞬でもうっとりしてしまった自分が憎い。
「とにかくミカちゃん。中島くんはね――」
「俺が、どうしたの？」
　ドク、と冷たく心臓が跳ねた。
　後ろから話しかけられたから。
　嘘だ、いつの間に。
「上月さん、ちょっといい？　話したいことあるんだ」
　振り向いた先には笑顔があった。
　いつもみんなに見せている、人当たりのいい笑顔。
　口調も穏やか。
　乱れのない制服もいつもどおり。
「ええっと……もうすぐ朝礼始まるし……」
「大丈夫、あと10分もあるから」
「でも――」
　その先は言わせてもらえなかった。
　腕をつかまれて、ぐいーっと引っぱり上げられる。
　指の力が強くて、少し痛い。
　逆らえないと諦めて、仕方なくついていくことにする。
　男子たちから「うおーっ!?」と歓声みたいなのがあがって、「ヒュ～」なんてひやかされる。
　顔から火が出そうだった。

　たどり着いたのは、非常階段の手前。

「昨日はごめん、気が立ってたんだ。無神経なことしたって反省してる」
　本当に申し訳なさそうにうなだれて謝られるから、思わず、ぐっと心が揺さぶられそうになったけど。
「嘘だ。騙されない……気が立ってたくらいであんなに人格変わるなんてありえないもん」
「それは——」
「謝られたって無理、許せない……」
　キッと睨んでみせると、中島くんは笑顔を少しずつ消していって、しまいには、はぁーっと、昨日みたいな気だるいため息をついた。
「マジで扱いにくい女。うぜぇー」
　声のトーンをいっきに落として、"本性"を見せる。
　ああ、やっぱり。
「思いっきりぶっ叩きやがって。痛いし。そのまま走って逃げるし。なんなんだよ、お前」
　それはこっちのセリフ。
　煙草吸って、見つかって、口外しないって言ってるのに信じなくて、彼氏でもないのに抱きしめて、勝手にキスしてきて。
「中島くんのほうが意味わかんないし。人の気持ち、考えたことあるの……っ？」
「だから今、謝ったろ」
「悪いと思ってないじゃん。『うぜぇ』とか言ったし」
「一応、人として悪いことしたと思ったから謝ったんだよ。

うぜぇと思ったのは本心だけど」
　そんな言い方ってある？
「要するに、反省はしてないけど一般的(いっぱんてき)に悪いことだとはわかってるから一応謝ったってことだよね」
「あー、そういうことになんのかな」
「謝る気があるなら、そこは否定してよ」
「はあ？　お前言ってることめちゃくちゃだぞ」
　なんでだろう。
　普段は、こんなに熱くなることってあまりないのに。
　だって、キスは、好きな人としかしたくない。
　よりにもよってこんなヤツと……。
「ていうかっ、なんで本性隠してるの？　ずっと騙されてたよ。こんな、最低最悪な人だなんて知らなかった」
「なんだよ、急に話題変えんなよな」
　中島くんはあくまで冷静で、私の言葉を面倒くさそうに受け止めて返すだけ。
　その温度差にも腹が立つ。
「言わなくても、わかんだろ。いろいろと都合がいーから、学校では優等生らしく過ごしてんの」
　腕を頭の後ろで組んで、またため息をついてみせる。わざわざ言わせんなよ、って顔。
「かといって、優等生の俺が完全にニセモノってわけでもないぜ？　意識しなくたってできるし、苦痛でもないし」
「えっ、そうなの？」
　思わず素になって聞き返すと、ニヤリと笑われて、しまっ

たと思う。
　嫌いなはずなのに、関心を示してしまった。
「俺に興味わいた？」
「っ！　そんなわけない」
「こっちの俺を学校の女子に見せたのは、お前が初めてなんだけど」
　えっ、そうなの？と、また同じリアクションを返しそうになって慌てて口を閉じる。
「だから何？」
　なるべく冷たい反応を心がけよう。
　いつの間にか中島くんのペースに引きずり込まれてるの、悔しいから。
「ある意味、特別な存在だよ」
　ぐっと顔を近づけられたかと思えば、低くて甘い声で囁いてくる。
　一瞬、不整脈みたいにドクドクッと心拍数が上がったのは絶対気のせい。
「離れて、変態……っ」
　気のせいなのはわかってるけど、気のせいだと思ったことすらなかったことにしたくて、思いっきり目を逸らして距離をとった。
「女子に平手打ちされたのも昨日初めてだし、変態呼ばわりされたのも初めて。あーあ、ほんと、おっかない女」
　口を開けば悪口しか出てこない、この男。
　今まで騙されていた自分が信じられない。

いっつもニコニコして、誰にでも分け隔てなく優しい時点で、うさんくさいって思うべきだった。
「こうなったのも全部、中島くんが隠れて煙草なんか吸ってたせいでしょ」
「キスくらいで、お前が無駄に騒ぎ立てるからだろ」
「キスくらいとか、そんな軽々しい捉え方してる男子、ほんとに無理なの」
「今どきそんな純情ぶってる女、モテないぜ」
　ぐーっと怒りメーターが上がっていく。
　ダメだ、この人には何言ったって伝わらない。
　こんな言い合いしてる時間、無駄だ。
　もういっさい関わりたくない。
　早いとこ教室に戻って、ミカちゃんに暴露してやる。
　そう思って、くるりと背中を向けようとしたら。
「せっかく、上月ならいいって思ったのに」
　私のことをしれっと苗字で呼び捨てして、さらに意味深なことをつぶやくから、自然と足が止まった。
　今、なんて？
　私ならいいって、何が……。
「煙草見つかったとき、上月ならいいかなと思った。素を出しても。……自分でもよくわかんねぇけど、なんとなく」
　顔を見上げたら、「こんなこと言うの、不本意だけどね」って付け加えられた。
「だって、こんな気性荒いとか思わねぇだろ。おっとりほんわか〜みたいな雰囲気で、ほどよくバカで、人畜無害そ

うな顔してんのに」
「なっ……」
　にそれ。
『おっとりほんわか〜』はいいとして。
　いや、よくない。
『おっとりほんわか〜』は、そのまま『ほどよくバカ』にかかってるんだ。
「イメージと違って悪かったですね……っていうか、私がこうなるのは、中島くんだけだよ。こんなに人を許せないと思ったの、初めて」
「ああそう。嫌われたもんだね、俺も」
　嫌いも嫌い、大嫌い。
「やっぱり扱いにくい。普通の女なら、ちょっと優しくすれば、すーぐ騙されんのに」
　やっぱり優等生の吐くセリフじゃない。
　さては、外で相当遊んでるな。
　無視無視。これで終わり。
　今度こそ背を向けると、ちょうど、朝礼が始まる５分前のチャイムが鳴った。
「もう行くのかよ」
「当たり前でしょ。他に何を話すことがあるの」
「まだ一番大事なこと話してないだろ」
「ヘ？　何それ」
　少し考えて、「ああ」と思い出す。
「安心していいよ、"あのこと"は誰にも言わない……」

だってもう二度と関わりたくないから、と心の中で毒づいた、直後。
「——"あのこと"って、なに？」
　聞き慣れた声が、後ろから飛んできた。
　それは、中島くんのものじゃない。
　すごく耳触りのいい、優しい声。
　振り向いた先には、私の大好きな人が立っていた。
「遼くん……っ」
　たぶん、校内の見回り。
　毎朝するように、先生に頼まれてるから。
「おはよう、はのん。もうすぐ朝礼始まるけど、こんなところで何してるの？」
　中島くんのことを横目でチラリと見て、また私に視線を戻す。
「えっと……それは——」
「上月さんのスカートのファスナーが開きっぱなしだったから、教えてあげてたんですよ、会長」
　突然、横から割り込んできた中島くん。
　はあ？と声が出そうになるのを必死で抑える。
　場を収めるにはこの言葉に乗るしかないけど、嘘があまりにもひどい。
　かといって、遼くんに睨んだ顔を見られたくもないから、とりあえず笑顔をつくって、中島くんの足をこっそり踏んづけた。
「……そうなんだ。はのんは昔から、ちょっと抜けたとこ

ろがあるよね」
　くすっと笑うと、遼くんは「気をつけなよ」と言って、私の頭をくしゃっとなでた。
　嬉(うれ)しい……けど、今回ばかりは素直に喜べない。
　ファスナー開いてたなんて信じないでよ、遼くん。
　恥(は)ずかしさと怒りで、体の内側からじわじわと熱くなってくる。

「……ってえな。足踏みやがって」
　遼くんの背中が見えなくなった瞬間(しゅんかん)、中島くんがぼそっとつぶやく。
「てか、会長の前じゃ、やけにおとなしいな。俺といるときと大違い」
　もう、何も言わない。
　この人といるとろくなことがない。
　教室に向かって早足で歩く。
　最低、最低、最低、最低。
　最悪、最悪、最悪、最悪。
「なあ、上月」
「……」
「上月ったら」
「……」
　後ろから、同じ歩調で追いかけてくる。
「ついてこないで」
「はあ？　俺たち、同じクラスじゃん」

「知らない、話しかけないで」
「冷たいなあ、はのんちゃん」
　きゅっ、と足を止めたら、中島くんも足を止める。
　睨んだ顔で振り返ると、ひょいと肩をすくめてみせた。
「二度と下の名前で呼ばないで」
「えー？」
「みんなの前では、絶対に苗字にさん付け。約束して。破ったら、"あのこと"バラすから……っ」
　少し間を置いて、中島くんはうなずいた。
「わかった」
　進路に関わることだから、そこは慎重らしい。
「あーあ。ムカつく」
　そんなセリフが付け足されたけど、無視。
　いちいち相手にしてたらキリがない。
「めちゃくちゃにいじめ倒してやりたいなあ」
　聞こえない、聞こえない。
　さらに足を速める。
　中島くんと一緒に入ってきたと思われたくないから。
　急いで教室の戸に手をかけて、中島くんが来る前にと、閉める——閉めようと、した。
　あと少しというところで、中島くんの手が戸を制した。
　私も負けじと閉め返す。
「離してよ、上月さん」
「やだ。中島くんは前の戸から入ればいいじゃん」
「意地悪すると怒るよ」

「うるさい。中島くんなんか、1回サボって先生に怒られればいいのにっ」
　両手いっぱいの力を込めたら、一瞬だけ私のほうが強くなって、戸が勢いよく閉まった。
　──いや、閉まりきらなかった。
　間に、中島くんの手が挟まっているから。
「……ってえ」
　低くうなって、すごい形相で睨んでくる。
　あまりの怖さに、思わず後ずさった。
　ちょっとやりすぎたかも。
　でも、中島くんが、悪い──。
「ご、ごめんなさい」
　後ずさりしながら、頭を下げる。
「上月さんは、俺の初めてを奪うのがほんとに上手だね」
　無理やり貼り付けられたような笑顔から、怒りのオーラが出てる。
「覚えてろよ」
　このとき、私は悟った。
　中島くんとの繋がりは、そう簡単には切れるものじゃないんだって。
　──ああ私、とんでもない人を敵に回しちゃったかもしれない。

マイナス

　中島くんと私の相性は
　たぶん最悪。
　絶対的、マイナス関係。

「うう……痛い」
　次の日。私はまた机でうずくまっていた。
　今回の原因は中島くん、ではなく——。
「痛み止め飲む？　あたし持ってるよ」
「ううん、大丈夫……ありがと」
　月に一回やってくる女の子の日。
　私は毎回、痛みの程度がすこぶるひどい。
　とくに初日と２日目は、歩くこともできないほど。
　下のお腹がぐっと全方向から押されてる感じ。
　そこを中心に、全身が重だるくなってしまう。
「はのんは、薬嫌いを早く直したほうがいいよ。いつまで経っても苦しいの嫌でしょ」
「そうだけど……得体のしれないものが体内に入ってきて溶け込むんだと思うと無理……」
　昔から、病院嫌い、注射嫌い、薬嫌い。
　あの場所に行くと、自分の体が改造されてしまうんじゃないかとか、何かの実験に使われてしまうんじゃないかとか、小さい頃は思ってた。

どうやってそんなイメージが植え付けられたのかは、わからない。
　　今となっては、改造も実験もないってわかってるけど、なぜか苦手な意識はぬぐえないままだ。
「普通に食べ物だって思えばいいのに。ほんとにしんどそうだし、そんなんじゃ周りも心配するよ」
　　ミカちゃんは呆れ顔をつくり、チラリと周囲を見渡した。
「ほら、中島くんもこっち見てる」
　　えっ？と反射的に顔を上げてしまう。
　　驚いて、お腹の痛みも一瞬だけ吹き飛んだ気がした。
　　ほんとだ、目が合った。
　　今日もクラスの真ん中で、たくさんの男子たちに囲まれてる。
　　話を聞きながら、相づちを打ったり、肩を揺らして笑ったり。
　　どう見ても周りと楽しそうにおしゃべりしてるのに、視線だけはなぜか、私のほうを向いている。
　　本当に私を見てるのか、不安になって一度後ろを振り返ってみたけど、誰もいない。
　　再び前を向くと、また、たしかに視線がぶつかった。
　　えっ、と。
　　なんで見られてるの？
　　なんで逸らさないの？
　　私が誰かに告げ口しないか、見張ってるのかもしれない。
　　ああ、きっとそうに違いない。

なんて疑（うたぐ）り深い男なんだろう。

他の人には話さないって、あれほど言ってるのに。

「ねぇ、はのん。昨日から中島くんと仲良いよね？　急にどうしたの」

そわそわして身を乗り出すミカちゃん。

そんな、期待に満ちた瞳（ひとみ）で見つめないでほしい。

「断じて仲良しとかじゃない。正反対」

「正反対？　どーゆうこと？」

「因縁（いんねん）の相手」

「はあ？」

私の唇をありえない理由で奪った相手なんだよ。しかも表向きは優等生のくせに、裏では煙草なんか吸ってる不良なんだよ、ミカちゃん。

「はあ。お腹痛い……」

「いや話逸らさないで」

「中島くんのことなんか考えてる余裕（よゆう）ない、痛すぎるよ。考えてたらよけいに痛いかも、めちゃくちゃ痛い……」

「あーもう。痛いって言ったらよけいに痛くなるんだって。あと1時間授業受けたら昼休みだし、がんばろ、ね」

うん、とうなずいて、机に突（つ）っ伏（ぷ）す。

あと1時間。

お弁当の保温パックに入ってるあったかいコーンスープを飲めば、少しは楽になるかもしれない。

それから5限目が始まるまで、保健室で休ませてもらって……。

なんて考えてたら、机の上に置いてたスマホがブルブルと振動した。
　通知を開くと、画面中央に、遼くんの名前。
【今日の昼休み、頼みたい仕事があるんだ。生徒会室に来られる？】
　事務的な内容に落胆しつつも、遼くんに会えるんだと思うとお腹の痛みも少し引いた気がして。
　迷うことなく【わかった。行くね】って、即返信。
　遼くんに会えるなら、お腹の痛みなんてへっちゃら。
　お気楽な私は本気でそう思ってた。

　お昼休み。
「じゃあ、あたしは彼氏とご飯食べてくるね。生徒会の仕事、がんばって〜」
　教室の棟が違う、工業科の彼氏に会いに行くということで、いつもよりずいぶんご機嫌なミカちゃんを見送った。
　私もこれから生徒会室に行って、遼くんに会える……と思うと嬉しいのに――。
　うう、さっきより痛いかも……。
　なんでお腹だけが痛いはずなのに、全身に響くんだろう。動けなくなっちゃうんだろう。
　もうちょっと、もうちょっとだけ、机で休んでから、生徒会室に行こうかな。
　その前に、遼くんに遅れるって連絡入れなきゃ、と思って、どうにか机から頭を浮かせてスマホを起動する。

すると、目の前にふっと暗い影が落ちてきた。
　見上げると、そこには中島くん。
「さっきからうずくまってるけど、どうしたの？」
　みんなの目があるからか、普段の優しい口調とスマイルを崩さずに話しかけてくる。
　他の女の子なら、胸をときめかせるのかもしれない。
　でも私は、本性を知ってしまったから。
「なんでもない。そもそも、中島くんには関係ないし」
　ふいっと目を逸らすと、中島くんは机に手をついて、私の耳元に顔を寄せてきた。
「生意気。口のきき方がなってないな、ほんと」
　小声で低く囁いてくる。
　『口のきき方がなってない』って、あなたいったいどこの何様なの？って感じ。
　無視して、遼くんにメッセージをしようとスマホに向き直ったら、ひょいっとそれを奪われた。
「ちょっ、返してよ……」
　手を伸ばすと、届かない高い位置まで持ち上げられる。動くのはなるべく控えたいのに、こっちの気も知らないで。
「生徒会室に呼ばれてるじゃん」
「……そうだよ、今から行くの」
「気分悪そうなのに？」
「悪くないよ」
「嘘つき」
「……中島くんの顔見てたらお腹痛くなった」

男子に、生理だなんて恥ずかしくて言えない。
　私が悪態をついても、中島くんは周りに人がいる教室ではニコニコ爽やかスマイルを崩さない。
「もう行くから、スマホ返して」
「無理しないほうがいいんじゃない？　体調悪いなら断りなよ」
「大丈夫だもん」
　遼くんに会えばきっと治るから。
　それに、ここにいて中島くんに絡まれるより全然いい。
　心配するふりをしてるだけで、この笑顔も優しい言葉もどうせ全部ニセモノなんだから。
　席を立って中島くんの腕をつかんだら、意外にもあっさりスマホを返してくれた。
　私が背を向けて歩き出すと、タイミングよく「琉生〜、メシ食うぞメシ」って、周りの男子から中島くんに声がかかる。
　ああ〜よかった。これで完全に解放された。
　そう思ったのに。
「あー……ごめん。先食べてて」
　そう言うやいなや、廊下に出た私についてくるからびっくりする。
　私が選んだ通路は、昼休みでも人通りが少ない廊下。
　周りの目を気にしなくてよくなった中島くんは、「待てよ」って乱暴に腕をつかんできた。
「なんなの……急いでるんだけど」

そう口にしたとたん、お腹に刺すような痛みが走った。
　お寺の鐘を鳴らす棒でガーンと突かれたみたいに、重く鈍く響くから、立っていられなくなって思わずその場にうずくまる。
「おい、上月……」
「大丈夫」
　強がってみたけど、あまりに痛すぎて動けない。
　中島くんもしゃがんで、そっと背中に手を回してくる。
「ほら見ろ……言わんこっちゃない」
　『うるさいよ』って手を振り払おうとしたのに、その声がびっくりするくらい優しかったから、ちょっとだけ思考が停止してしまった。
「保健室行くか？」
「……行かない、生徒会室行く」
「そんな状態で仕事すんの？　無理でしょ」
「無理じゃないし……離れて」
　反抗的な態度をとってるのに、中島くんはいつまで経っても離れてくれない。
　ここは愛想尽かして、『あっそ。心配して損した。とっととくたばれクソ女』とか言って去ってもいいところだよ。
　だって、キスしたのはもちろんそっちが悪いけど、こっちもほっぺた引っぱたいたり、足踏んづけたり、戸に手を挟ませたりしてるんだから。
　私のことめちゃくちゃ嫌いなくせに、なんで？
　昨日みたいに怒って、暴言吐いて、早くどっか行ってよ。

「ほら。手貸してやるから、とりあえず立って」
「……」
 「ん」と差し出された手を見つめる。
 体は細身のくせに大きい。
 指も長くて綺麗。
 その手を取るつもりはなかったけど、立ち上がるための支えにしようと思って、手のひらじゃなくて腕をつかみ、体重をかけた。
「中島くんが優しいと、気持ち悪いよ」
 睨もうと思って、下から控えめに見上げたら、中島くんの顔が予想よりもずいぶん近い位置にあった。
 近すぎて、焦点が合ったりぼやけたりをくり返す。
 少し動けば、唇が触れてしまいそう。
 中島くんの目に、目を丸くした私が映ってる。
 そんな中島くんもまた、瞬きもせず、少し驚いた顔をして私を見ていた。
 立ち上がるのも忘れて、数秒間見つめ合っていると、しばらくしてドクドクッと不整脈みたいな音が鳴った。
 中島くんの視線から逃れるようにして、慌ててうつむく。
 今のなに？
 お腹が痛いせいか、頭もあまり回らない。
 こんな体勢をしてると、抱きしめられたこととか、キスされたことを思い出してしまう。
 恥ずかしいし、悔しいし、優しくて気持ち悪いし、お腹痛いし。

全部が相まって、涙がにじんだ。
　泣いてるわけじゃなくて、雫がほんの少しだけ溜まるくらい。
　溢れて落っこちるとかは絶対にしない量。
　あくびをして、少し目がうるうるしちゃう、あの程度。
「……上月——」
　中島くんの唇がそう動いた、直後。
「はのん」
　後ろから飛んできた声で我に返って、そのまま振り向く。
　そこには遼くんの姿があったから、中島くんと密着してるのを見られたのが恥ずかしくて、勢いよく体を離した。
　それはもう、ものすごいスピードで。
　あれだけお腹が痛かったくせに、よくこんな俊敏に動けたものだと自分でもびっくりするくらい。
　それから、遼くんの元へ、まっすぐにダッシュ。
　胸の誤作動を誤魔化したくて、中島くんのことを頭から追い出そうと、深く考えもせずに遼くんに抱きついた。
「っ、どうしたの、はのん。遅いから、迎えに来たんだけど……」
　中島くんの目の前で抱きついてしまったことに気づき、ハッとして体を離す。
「……ま、待たせてごめんね。すぐ行くね」
　弱々しい声が出た。
　うつむくと、中島くんの足元が見える。
　顔を見るのがなんとなく怖くて、視線を上げることがで

きなかった。
　ズキンとお腹が痛んでまたうずくまりそうになったけど、どうにか耐えた。
　沈黙が続いて気まずい空気になり始めたのを、中島くんの静かな声が破る。
「会長さん。その子、体調が悪いみたいなので、今日は休ませてあげてください」
　完璧な優等生モードでそう告げると、くるりとこちらに背を向けた。
　最後まで、顔、見られなかった。
　中島くんの背中が見えなくなると、遼くんは心配そうに私の顔をのぞき込んで「体調悪いの？」と尋ねる。
「うん……ちょっと、お腹痛くて」
「そうだったんだ。ごめんね、呼び出したりして。保健室に付き添うよ」
「でも、生徒会の仕事……」
「他の人にやってもらうから大丈夫、心配しないで。ほら、行こ」
　ニコッと微笑んで、さりげなく私の手を取った。
　やっぱり優しい。
　それに甘えて、体を寄せる。
　今はこうしていても、ヘンに思われないからラッキーだ、なんて考えて。
　だけど、同じように優しい言葉をかけてくれた中島くんを思い出すと、モヤモヤとした気持ちが胸の中にうずまき

始めて、罪悪感が芽生えた。
　あんなにあからさまな離れ方をしなくてもよかったかも、とか、お礼くらい言えばよかったかも、とか。
「はのん、昨日も中島と一緒にいたよね」
　前を見つめたまま、遼くんがぼそっとつぶやいた。
　遼くんが中島くんのことを『中島』って呼び捨てにしたことに違和感を覚えつつ、なるべく触れられたくない話題だったから、ひとまずは「う……」とお腹を押さえて、聞こえないふりをする。
　でも、遼くんは私に答えを求めていたようで。
「いつから仲良いの？」
　と、今度ははっきり口にした。
「仲良くないよ、ほんとに。……ただ、たまたま声かけてくれて」
「……たまたま」
「う、うん。ほら、中島くんってみんなに優しいから、周りのことよく見てるんだと思う。昨日も……スカートのこと、教えてくれたりとか」
「……そっか」
　スカートのファスナーについては中島くんのついた嘘だし、キスを奪った相手を褒（ほ）めるなんて、本当は不本意。
　でも、中島くんと一緒にいたのは断じて仲がいいとかではないし、私に向けられた優しさも、普段みんなに与（あた）えてるものと同じなんだって、遼くんにはわかってほしかった。
　ひと言で言えば、"誤解されたくない"から。

「中島は成績もいいし、周りからの人望も厚い。……だけど、悪い噂も裏では回ってるから、気をつけて」

　ふと、遼くんが声のトーンを落とす。

「悪い噂？」

　一昨日の出来事が頭に浮かんだ。

　校舎裏で、隠れて煙草を吸ってた中島くん。

　二面性があって、まだイマイチつかめない彼の噂とは。

「はのんは知らないほうがいいよ。そして、関わらないほうがいい、危ないから」

　危ないって何？

　聞き返そうとして、結局声に出さなかったのは、遼くんが珍しく険しい表情をしていたから。

　口元を固く結んで、何か深く、考え込んでるみたい。

「少し例を挙げると、街角で、血だらけでケンカしてたって話を聞いたことがある。中学では、いつも鉄パイプ振り回してたとか……まあ、あくまで噂だから、本当のことはわからないけどね」

　想像して、ゾクッと寒気が走った。

　それが本当なら、不良……を通り越して、極悪ヤンキー。

「悪名高い黒蘭の幹部って噂もあるんだ」

　コクラン——黒蘭。

　黒蘭は、西区を仕切っているという暴走族の名前。

　このあたりでは圧倒的強さを誇っているらしく、大人でさえ太刀打ちできないって……。

「それに中島、ひとりで暮らしてるみたいだし、家庭環境

も……」
　言葉を呑(の)み込む遼くん。
　少しして「やっぱりいいや」と首を振る。
　そして。
「ところでさ、あの話、考え直してくれた？」
　やわらかな笑顔と、優しい声。
　でも、いつもより控えめな話し方。
「あの話って……？」
　私はわかってるくせに、とぼけてみせる。
　その話題に関して、あまり意識してる素振りを見せたくなかったから。
　それと、遼くんの口からちゃんと聞きたいっていう、ワガママな気持ちがあったから。
「ヨリ戻そうよ、俺たち」
　廊下の真ん中で、立ち止まる。
　そのセリフ。
　聞きたかったのに、首を横に振ることしかできないなんて、やっぱり悲しい。
　好きなのに、隠さなきゃいけない。
　自分の気持ちに嘘つかなきゃいけない。
　もう、遼くんに気持ちは残ってないんだって──。
「どうして？　あのとき俺が浮気(うわき)してたって、やっぱりまだ疑ってるの……？」
「ううん。遼くんはそんなことしないって、もうわかってるよ」

「じゃあ、なんで……」
「恋（こい）としての、"好き"じゃないって、気づいた……から」
　お腹よりも、胸のほうが痛んだ。
　嘘だよ。
　遼くんが好き。大好き。
　そんなに傷ついた顔、しないで。
「じゃあ、今度こそ振り向かせる」
　目を伏せて、遼くんは小さくそうつぶやいた。
　そんなことしないでって思う。
　だけど、私のことずっと好きでいてほしいって思う。
　矛盾（むじゅん）してる。
「遼くんとは、ずっと友だちでいたい」
　ずるいかな。
　友だちだったら、ずっと一緒にいても許されるって思ってるのは。
　だって遼くんは、私が"彼女（かのじょ）"としてそばにいたら、絶対幸せになれないから――。
「着いたよ、はのん」
　ハッとして顔を上げたら、いつの間にか保健室の前。
　遼くんが戸を開けると、中に居座って騒いでいた生徒たちは一瞬にして静かになった。
「ここに用がない人は、みんな出ていってくれるかな」
　生徒会長の声がかかると、一斉（いっせい）にピンと背筋を伸ばして、
「失礼しました！」と疾風（しっぷう）のごとく去っていく。
　私の横を、風が勢いよく吹き抜けた。

保健室は、あっという間にもぬけの殻。
「やっぱりすごいね、遼くんは」
　感心して声をあげれば「別に。生徒会長なんて、名ばかりだよ」と苦笑いを返してくる。
　そういう謙虚なところも好きだよ、と心の中でこっそりつぶやいて、中に入った。
　お昼休みだからか、先生はいないみたい。
「ごめん。俺はもう仕事に戻るから。はのんはゆっくり休んでて」
「うん、ありがとう」
　お礼を言ったら、頭をポンポンしてくれた。
　付き合ってた頃と変わらない優しい手つき。
　でも少しだけ、控えめな気がする。
　離れたくないな、なんて思いながらも、決して口には出さない。
　手を振って、遼くんの背中を見送った。

　それからしばらく経って、保健室の先生が戻ってきた。
　昼食を食べに外に出てたみたい。
「昼休みに人がいないなんて珍しい」って驚いていた。
　普段は不良たちのたまり場になってるから、戻ってきたときはたいてい、ベッドや床がぐちゃぐちゃになってるらしい。
　事情を話すと、湯たんぽをくれて、「次の授業が始まるまで休んでていいよ」って言ってくれた。

お昼休みは、あと15分くらいしか残ってないけど、少しでも横になれるのはありがたい。
　お腹を温めると、ずいぶんと楽になる。
　やっぱりお腹が痛いときは、温かいものを胃の中に入れるか、外から温めるのが一番いい。
　薬なんかに頼らなくたって、こうすれば自然によくなっていくから。
　保健室の窓から、グラウンドをぼんやりと眺めてたら、また中島くんのことを思い出した。
　……やっぱり今日の私は、態度が悪かったかもしれない。
　モヤモヤとした気持ちがいつまで経っても晴れないから、ちゃんとあとで謝ろうと思った。

「だから、ごめんなさい………」
　思ったからには、きちんと実行。
　放課後、中島くんが1人になった隙を見て呼び出した。
　相づちも打たずに私の話を聞くから、やっぱり怒ってるのかとか、暴言を吐かれるのかとか、身構えたけど。
「なんだ、そんなこと」
　と、興味なさそうにひと言。
　拍子抜けする。
「放課後に呼び出すなんて、てっきり告白かと思ったのに」
　無表情のまま、抑揚のない声でそんなことを言うから、おちゃらけなのか、なんなのか判断がつかない。
　怒ってはいないようだけど、朝ほどの勢いもなくて。

そして、態度も、優等生モードと本性モードの中間くらいをさまよってる。
　中島くんのキャラは、本当につかみにくい。
「あの、どうしたの……？」
「何が」
「元気、ないよね。なんか、中島くんらしくないよ」
「は？」
　睨まれたから、後ずさる。
　元気がないとか、やっぱり勘違いかも。
　そもそも、中島くんが元気とか元気じゃないとか私に関係ないし。
　言おうと思っていたことは、ちゃんと言えたんだから、もう用はない。
　そう思って踵を返したら、ぐいっと乱暴に首根っこをつかまれて、後ろに引っぱられた。
「うぐっ」
　とヘンな声が出る。
「ちょっ、何す──」
　振り向いたとたん、今度は肩をつかまれて、無理やり向かい合わせられた。
　中島くんはそのまま、私を廊下の隅のほうへ追いやっていく。
　そして、バンッという音が聞こえたかと思えば、それは私の背中が壁にぶつかる音で。
　じん……と痛みが広がるやいなや、「もう、ほんとにお

腹痛くない？」なんて優しい響きが、鼓膜を揺さぶる。
　体を寄せられる。
　中島くんの脚が、私の股下に入り込んでくるから、後ろにも逃げられず、かがむことも許されず。
「また体調が悪くなったりしたら、俺に言いなよ。……ね？」
　くらっときた。
　目眩みたいな。
　状況が理解できないまま、呑まれそうになる。
　こんな乱暴に壁に押し付けておきながら、優しい言葉を吐いてくる中島くんに。
「いきなりどうしたの？」
　見上げると、視線が絡む。
　じっと見つめたかと思えば、ゆっくりと距離を近づけてきた。
　ドクン、と胸が鳴った。
　ハッとして、顔を背ける。
「やめてよ……っ」
　叫ぶと、中島くんは静かに手を離した。
「お前が、俺らしくないとか言うからだろ」
　片頬だけを吊り上げて、小さく吐き捨てる。
　中島くんらしくない。
　たしかに言った、けど。
「ほんとの俺なんて知りもしないくせに、よく言うよね」
「えっ……」
　逸らされた目が、また私を捉える。

口元は笑ってるのに、瞳は冷たかった。
「優しくしようと思えば、俺はいくらでも優しくできる。今みたいに」
　ああ、たしかに全然違う人みたい。
　中島くんが私に言いたいこと、少しだけわかった。
　まだ本当は全然つかめてない中島くんのこと、らしくない、とか勝手に決めつけた。
「俺のこと嫌いなくせに、流されそうになったろ」
　冷たく細められた目。
　すぐに否定できなかったのは、悔しいけど、そのとおりだったから。
　優しくされて、頭がぼうっとして、思わず受け入れそうになった。
「ちなみに。今日声かけたのは、少しでも恩を売っておかないと、いつ告げ口されるかわかんねぇと思ったから」
　つまりそれは、私に優しくすることで警戒心（けいかいしん）を解いて、口外することに後ろめたさを植え付けようとした、ということ。
　やっぱり、純粋（じゅんすい）な優しさなんかじゃなかった。
　謝らなくてもよかったんだ。
「けど、失敗だったな。結果的に、俺のほうが……」
　中島くんは何かをつぶやいて、途中（とちゅう）で言葉を切った。
　なに？と首を傾（かし）げると「なんでもない」と首を振る。
　そして。
　突然、爽やかな笑顔に切り替（か）えたかと思えば。

「じゃー、また明日。はのんちゃん」
　ヒラヒラ〜と手を振って私に背中を向ける。
　唖然として見送るしかなかった。
　どれが本物で、どれが演技なのか——依然としてわからない。
　やっぱりつかめない男、中島くん。

第2章
意地悪なキス

悪魔

　中島くんの言ってた"明日"はすぐにやってきた。
　今日は金曜日。
　週で一番がんばれる日。
　しかも、生理は2日目なのに、不思議とお腹は痛くないし、金曜日の授業は楽なのばっかりで、さらに5限目はロングホームルームの時間だし。
　明日は休み。明後日も休み。
　浮き足立った気分で外を眺めてたら、「はのんー、今日楽しみだね」って、ミカちゃんが話しかけてくる。
　あれ、今日の放課後、遊ぶ約束とかしてたかな？なんて思ったら。
「席替え〜。近くになれるといいね」
　ほっぺたに両手をついて、ご機嫌そうに体を揺らす。
「えっ、席替え？」
「だって今日、偶数月の初めじゃん」
「……あっ」
　そうだそうだ。すっかり忘れてた。
　私のクラスでは、席替えは2ヶ月に一度行われる。
　てことは、今日のロングホームルームは席替えだ。
　今の席は、窓側でグラウンドの景色が見えるのがいいところ。
　変わらなくてもいいなって思うけど、席替えって聞くと

ワクワクせずにはいられない。
「とはいっても、こんな男子ばっかりのクラスじゃねぇ。イケメンって言えるの、中島くんくらいだし」
　中島くんの名前が出てきて、少しそわそわした気持ちになった。
　昨日抱きしめられかけたこととか、あの優しすぎる低音ボイスを思い出して。
　あのとき、うっかり流されそうになった自分にムカムカする。
　全部、作りものだってわかってるから、あれほど腹が立つことはない。
「ミカちゃんは彼氏いるのにイケメンイケメンって……」
　中島くんのことには触れずに呆れ顔をつくった。
「イケメンは正義だから〜。ほら、芸能人をかっこいいって思うのと、彼氏を好きって思うのは違うでしょ」
「それは、まあ……」
　私は芸能人にハマったことはないけど、言ってることはわかる。
「だからね？　中島くんは誰もが認めるイケメンだけど、イケメンだって思うのが好きに結びつくわけじゃないでしょ？　はのんにとって1番かっこいいのは遼くんでしょ？」
「う、うん。わざわざ例挙げなくてもわかってるよ」
　声をひそめてミカちゃんを止める。
　だって、ここは教室の中。

中島くんもいるんだから、聞かれるといろいろまずい。
　近くにいないか確かめようと周りを見渡してみたら、やっぱり今日も輪の中心で笑ってた。
　中島くんの笑い方は、周りの男子みたいに下品じゃない。ひゃひゃひゃとかギャハハとか言ってない。
　みんなと同じようにちゃんと口を開けて、肩を揺らしながら笑ってるのに、何がこんなに違うのかなって凝視してしまう。
　楽しそう。
　屈託ない。
　笑ってるときだけ、ちょっと子どもっぽく見える。
　これも、作りものだったりするのかな。
　そう思った瞬間、とっさに目を逸らしたのは、中島くんがこっちを見る気配がしたから。
　私の視線に気づいたわけじゃないかもしれない。
　ただ、なんとなく顔を上げただけとか。
　だけど、目は絶対合わせたくない。
　それは、『俺を見てた』って思われたくないから。
　間違っても意識してるって勘違いされたくない。
　軽率にあんなこと仕掛けてくるから、むしろ嫌い度が増したくらいだ。
「中島くんとだけは隣になりたくない……」
　ぼそっとこぼしたら「えー、なんで？」とミカちゃん。
「嫌いだから」
「それ、フラグになっちゃうかもよ」

「フラグ？」
　聞き返すと、にやっと笑われた。
「イヤイヤ言ってることほど現実になりやすいじゃん？」

　――キーンコーンカーンコーン。
　やや間抜けなチャイムが鳴る。
　ミカちゃんの言葉にすごく不安になりながら、手を伸ばし、つかんだクジの紙。
　――6番。
　黒板に書かれた座席表を見ると、窓側の列の1番後ろ。
　また窓側。2つ後ろにずれるだけ。
　とりあえずは後ろ、勝ち取った。
　あとは、ミカちゃんの席と近くになれたかどうか。
　それと、中島くんともっと離れられたら……。
「はのん、何番？」
　ひょいっとのぞき込んでくるミカちゃん。その直後、「うわあ」と暗い声を落とす。
「対角線じゃん……」
「え、嘘」
　ミカちゃんの持ってる番号を見ると、廊下側の列の、1番前だった。
　ショック。
「やだよー……」
　がっくりうなだれる。
　うちは元男子校で、全体として女子はすごく少ない。う

ちのクラスは私とミカちゃんを含めて4人しかいないから、男子と隣になることがほぼ確定してる。
「あ、ところでお隣どうだった？」
「まだわかんない……」
　みんな、机を動かし始めてる。
　移動が完了してからじゃないと知ることができない。
「とりあえず、移動しよ」
「うん、またあとで」

　椅子を机の上に載せて持ち上げる。
　引きずってる人と持ち上げてる人は、半々くらい。
　教科書が入ってるから少し重たいけど、私の移動距離は短くてすむから一息で定位置まで進んだ。
　——そして。
「よっしゃ、隣が女子とかラッキー」
　顔を上げた先には、リーゼントふうの金髪くん、こと、浦本くん。
　話したことはあんまりない。
　イカツイ見た目。
　だけど、気さくで話しやすそう。
　何より、中島くんじゃなくてよかった〜と胸をなで下ろした。
　——のもつかの間。
「てか、あれだよな。上月さん、昨日琉生と抜け出してたよな」

「え、抜け出してた……?」
　何、その誤解めいた言い方。
「上月さんのこと、俺も可愛いなーって思ってたんだけどさ、琉生の彼女だったら諦めるしかねぇのかな」
　か、彼女!?
　私が中島くんの彼女?
　びっくりしすぎて、本当に目が飛び出るかと思った。
「あの、私、中島くんとは——」
　誤解を解こうと見上げると、もさもさした金髪くんの肩を、ふいに、誰かの手が後ろからつかんだ。
「そうそう。だから、席代わってくんない?　浦本」
　中島くんに声をかけられた浦本くんの肩が、ビクッと大きく上がる。
　慌てたように振り向くと。
「あっ、あのな。嘘だから、狙ってねぇから!　可愛いと思ってたのはほんとだけどよ、琉生の彼女に手を出すつもりは微塵もなくてだな……っ」
　面白いくらいにあたふたし始める浦本くんに対し、中島くんはクールな余裕のある表情で「そんなことは聞いてないよ」と返す。
「ちなみに、俺の引いた席もあっち側の１番後ろだから、悪い条件じゃないでしょ」
「っ、ああ。もちろん。お幸せに……!」
　そう言って逃げるように去っていった浦本くん。
　取り残された私は、状況を呑み込むまで少し時間がか

かった。
「えっ。なんで中島くんがここにいるの?」
「今のやり取り、見てねぇの?」
　小声にして、すぐ口調を崩してくる。
「見てたけど。……いや、それより彼女って何……?　なんで隣……」
　情報量が多すぎる。受け止めきれない。
「見張るには、隣にいないと」
「へ?」
「はのんちゃん、すぐ言いふらしそうだし」
「ちょっ、下の名前では呼ばない約束……」
「それは人前で、って話だろ」
　すました顔で持ってきた椅子に座ると、「はのんちゃんも座りなよ」と口角を上げた。
　周りもみんな、ぼちぼち席につき始めている。
　いくら中島くんの隣が受け入れられないからといって、いつまでも突っ立っているわけにもいかない。
　窓のほうにぴったりと机をつけて、なるべく距離をとってから腰を下ろした。
「なんでそんなに離れんの」
「話しかけないで」
「ひっで。仲良くしようよ?」
「絶対、嫌」
　顔を思いっきりグラウンド側に向けると、中島くんも諦めたのか、黙り込む。

先生の話が始まったけど、しばらくはこうして外の景色を眺めていようと決意した。
　そうしてたら話しかけられることもないだろうと、思ったから。
　……なのに。
「おい」
　低い声と同時。
　腕をつかまれて、引っぱられる。
　そんなことされて無視できるほど大人じゃなくて、「やめてよ」と声をあげた。
　中島くんの顔が間近にある。
　近い距離で視線がぶつかって、とっさに離れようとしたけど、強い力がそれを許してくれない。
「なあ。何、怒ってんの」
　苛立った声でそう言うから、カチンときた。
　何を怒ってるのかって？
「自分で引っぱっておいて、そんなこと聞くの？」
「違う。その前から怒ってたろ、お前」
「中島くんと隣になっちゃったからじゃん。しかも、彼女とか嘘つくし」
「俺は別に彼女なんてひと言も言ってない。浦本が勝手に勘違いしてるだけ」
　謝る素振りは少しも見せない。
　それどころか自分は悪くありませんというように、理屈で対抗してくる。

「中島くん、そうそう、とか言って肯定してたじゃん」
「席代わってもらうための口実としては、都合がよかったからな」
　堂々とそんなこと言えるの、すごいと思う。
　煙草をバラされたくないからって、私の気持ちも考えずに嘘ついて、隣になって。
「自分勝手。せめて、彼女ってところは否定してよ……。ていうか、いいかげん離して……っ」
　１番後ろの席だから周りに見られることはないといえ、この体勢は恥ずかしい。
　そして、屈辱的。
「結局、上月が１番怒ってるのってソコなわけ？」
　口調をやや丁寧に戻して、でも手の力はゆるめずに聞いてくる。
「……ソコって？」
「俺の彼女って思われんのが嫌ってこと？」
　黒い瞳がまっすぐに貫いてくる。
　怒ってもなさそうだけど、笑ってもなくて、どこかヒヤリとした冷たさを感じた。
「……それってさ、なんで？」
「……え？」
「俺のこと嫌いだから、だろ」
　自分で聞いておいて、そんなことを言う。
　戸惑っていると、中島くんはさらに付け足した。
「だけど、それだけじゃない。……違う？」

どういうこと。
何が言いたいの、中島くん。
「なあ」と、今度は煽るような目で見つめてきた。
「好きなヤツいんの？」
心臓がドクンと音を立てた。
動揺しちゃいけない、と言い聞かせる。
慌てる素振りは見せられない。
すかさず『いない』って答えるのも逆に怪しいかな、と思って、言葉を探した。
「……さあ」
遼くんの顔が思い浮かんでしょうがないけど、必死に頭の中から振り払う。
それなのに、中島くんは「誤魔化さないで」と、妙に優しい声で囁いてくる。
ちょくちょく雰囲気を使い分けてくるから、調子が狂ってしまいそう。
「……答えろよ、はのん」
慌てて視線を斜め下に泳がせた。
見透かされそうで怖い。
気安く呼び捨てしないで、って怒る余裕もなかった。
心臓が早鐘を打つ。
「……いないよ」
「嘘つけ」
「ほんとだって……」
離してほしくて嘘をついた。

だいたい、私に好きな人がいるかどうかなんて、中島くんには関係ない。
　なのに、どうしてそんなこと知りたがるの？
「それとさ。あいつとはどういう関係？」
「あいつって誰？」
「生徒会長」
「……っ」
　やっぱり何か、感づいてたのかもしれない。
　一昨日といい、昨日といい、中島くんといるときに限って遼くんが現れたから。
「遼くんは、生徒会で一緒なだけ」
「にしては親しすぎるだろ。下の名前で呼び合ってるし」
「……幼なじみ」
「……は？」
　一瞬だけ、私の腕をつかむ力が弱まった気がした。
「家が近所で……昔から仲良くしてくれてる」
「……あとは？」
「あとは、って……？」
「好きなんだろ」
　ドキッとした。
　全身が心臓になったみたい。
　脈が耳元で鳴り響いてうるさくて、周りの音も全部かき消されるような感覚になる。
「……やっぱり図星か」
　そんなセリフと同時に、パッと手が離される。

「違うもん……」
 弱々しい声しか出ないのが悔しい。
「そんなに顔赤いのに？」
「え……」
 ほっぺたに手を当てると、湯気が出てるんじゃないかってくらい熱くて。
 冷めろ冷めろって思うのに、全然言うことをきいてくれない。
「誤魔化すの、下手くそ」
 中島くんが呆れた顔をして、長いため息をつく。
 それから目を逸らして「面白くねーな」ってひと言。
「けどこれで、はのんちゃんの弱みを握ったわけだ」
 とたんに表情を切り替える。
 あまりにも意地悪な笑みを浮かべるから、なんだか嫌な予感がした。
「これで、完全に口封じができた。そして、俺の命令にも従わせることができる」
「……えっ？」
 命令？
 何言ってるの。
 唖然として見つめると、細めた目をさらに細めて。
「立場が同じなら、俺のほうが力は上ってこと。わからせてやるよ」
 ……な。
 何様なの………って、思っても言えなかったのは、中島

くんの周りに急に黒いオーラが見え始めたから。
　なんだか怖くなった。
　ただ笑ってるだけなのに、なんでだろう。
　──逆らえない。
　本能的にそう感じてしまう。
　いやいや、意味わかんないし。
　ひるんだ自分を誤魔化すように頭を振った。
「何バカなこと言ってるの」
　強気でいこうと睨んでみたら……。
「まあ見てなよ」
　余裕な態度で受け流される。
"中島くんに好きな人を知られた"
　それがどれほど大きな意味を持つのか。
　クラスメイト1人に知られたくらい別に、って、すぐに開き直ることができればいいのに。
　クラスの中を見渡してみればわかる。
　ざわざわと声を抑えた雑談は飛び交っているけど、大声で喚（わめ）いてる人も、完全に教卓（きょうたく）に背を向けている人も、席を立ってる人も漫画（まんが）雑誌を広げている人もいない。
　男子が多いにしては、かなり環境がよくて、過ごしやすいクラスだと思う。
　このクラスをこうしたのは中島くん。
　ニコニコと笑っているだけに見えるのに、イカつくてヤンキーみたいな生徒も存在するこのクラスを、いとも簡単に統（す）べる。

ゾクッとした。
今、私の隣にいる人は、このクラスの支配者なんだ——。
ああ、なんか、ヤバいかも。
そんな漠然とした不安が現実になって襲いかかってくるのに、そう時間はかからなかった。

それは、ロングホームルームが終わって、帰り支度を始めたときのこと。
中島くんを視界に入れないように気をつけながら荷物を詰めていたら、教室の前の戸が開く音がした。
だけど、顔を上げたら中島くんのほうを向くことになるからと、そのままカバンに目を落としていたら。
「はのん、まだいるかな」
聞き慣れた声が飛んできて、ドキッとした。
直後、教室中がシン…と静まり返る。
顔を上げざるをえない状況。
生徒会長の登場に、みんな慌てたように後ずさり、道をつくる。
遼くんが私に気づいた。
「よかった。今日は塾もないし、一緒に帰ろうかと思って」
クラス中の視線が刺さって痛い。
隣には、無表情の中島くん。
再び前を見ると、こちらに歩み寄ってくる遼くん。
さっきの今で、この組み合わせ。
何が起こるか、気が気じゃない。

そんな私の視界を、ふと、金髪のリーゼントが遮った。
それは、隣の席になるはずだった浦本くんで。
「あの……」
と控えめに遼くんに話しかけるから、いったい何を言い出すのかと思えば。
「上月さんには琉生がいるんで、いくら会長でも手ェ出さないほうがいいっすよ」
……って。
はあ？
目を見開いた。
静かだった教室も、とたんにざわつき始める。
中島くんを見ると、頭の後ろに腕を組んで、まるで部外者みたいに、呑気に眺めているだけ。
ちらっと横目で私を見たかと思えば「さて。どーなるかな？」なんて笑ってみせる。
まさか、面白がってる……？
「ちょっと、否定してよ……」
「まあまあ、このまま様子見てみようぜ」
「ふざけないで。"あのこと"言うからね？」
脅せると思ったのに、中島くんは顔色一つ変えず。
「弱み握ってんのは、こっちも同じなんだけど？」
そう言って、ニヤリと笑う。
「上月さんの好きな人は生徒会長です、って俺が言えば、噂はあっという間に広まるだろうな〜」
血の気が引いていく。

大げさなんかじゃない。私にとっては本当に一大事。
　絶対ダメ。
　遼くんに知られるわけにはいかないんだ。
　本当はまだ好きってこと……。
「ルキって……中島琉生くんのこと？」
　遼くんが眉をひそめる。
　我慢できなくなって席を立ち、遼くんに歩み寄った。
「遼くん。勘違いだから……っ」
　必死に訴えるのに、遼くんは何も言ってくれない。
　遼くんへの気持ちがバレるわけにはいかないけど、中島くんと付き合ってるって勘違いされたくもない。
　私は少しずつ、遼くんへの気持ちを消していくんだ。
　そうすればいつか遼くんも私のことを忘れて、自分の道を、まっすぐに歩いていけると思うから。
　そんなことを考えていると、少し前の記憶がよみがえって息が苦しくなってきた。
　遼くんと付き合っていた頃の──。
「……はのん？　顔色悪いよ……？」
　ハッとして顔を上げる。
「っ、ごめん」
　走ったわけでもないのに息が乱れてる。
　こんな状態じゃ、遼くんと一緒にいられない……。
「あの、せっかく来てくれたんだけどね、今日はミカちゃんと遊ぶ約束してて……」
　遼くんに嘘をつくのは心が苦しい。

そんな私に嫌な顔一つせず、ニコッと微笑んで「わかった」と言ってくれた。
「じゃあまた、月曜日」
　手を振って見送る。
　遼くんが教室を出ていくと、ミカちゃんが駆け寄ってきて、事情を察したのか「大丈夫？」と優しく背中をさすってくれた。
　心配をかけたくなくて、笑顔をつくる。
「少し思い出しちゃっただけ。ありがとう、ミカちゃん」
「無理しないで。このあと、カフェ行こっか。そこでゆっくり話そ？」
「……いいの？」
「うん。落ち着くまで一緒にいるから」
　普段はイケメンイケメンばっかり言ってるくせに、こういうときは優しく寄り添ってくれるところ、本当に大好きだなと思った。

　いったん荷物を取りに席に戻ると、中島くんが遠慮気味に見つめてきた。
「……どうした？　顔、真っ青だけど」
　さっきまでのおちゃらけた様子はなくて、本当に心配してくれてるのかな、なんて思いながらも、傍から見てわかるほど、ひどい顔をしているんだと情けない気持ちになる。
　おでこにもうっすらと汗がにじんでるのがわかった。
「俺のせい？」

真剣(しんけん)な声。
　さっきまで偉そうに理屈を並べてたくせに、なんでいきなり下手(したて)に出てくるのかわからない。
「違うよ。ていうか、全然大丈夫だから」
「それ、大丈夫な顔じゃないでしょ」
「大丈夫だもん」
「上月——」
　背中を向けて立ち去ろうとしたら、手首をつかまれた。
　反射的に振り払ってしまう。
「中島くんには関係ないから……！」
　言ってしまったあとで、乱暴すぎたかも、と後悔が押し寄せる。
　だけど『ごめん』のひと言がなぜかすぐに出てこなくて。
　一時(いっとき)の沈黙。
　タイミングを完全に逃(のが)してしまった。
　こんなときに限って、中島くんは言い返してこない。
　結局そのまま、ミカちゃんの元へ走って、罪悪感だけが気持ち悪く残った。

笑顔

　私たちの通う学校がある地域——西区は、とにかく治安が悪い。
　繁華街から少し離れると、あちらこちらでケンカばかり。道路には空き缶やビニール袋が散らばって、歩き煙草もちょくちょく目につく。
　廃ビルや廃工場も少なくはなくて、全体的に荒んでる。
「３年前に共学になったけど、そりゃ女子も集まらないよねぇ、こんな怖いとこにある高校なんかさ。ほぼ男子校のままなのも仕方ないよ」
　学校から少し離れた場所に存在する、女の子向けの可愛いカフェにて。
　アイスココアをすすりながらミカちゃんがつぶやいた。
「あたしだって、受験に落ちなきゃ西高なんかに通うはずじゃなかったのに」
「……うん、そうだね」
　ミカちゃんは、本当は東区にある有名私立のお嬢様高校に通う予定だった。
　受験の前日にインフルエンザにかかってしまって、別室で受けさせてもらったものの、途中でダウンしてしまって最後まで解けなかったって。
「ま。頭が特別いいわけでもなかったし、普通に受けてても、もしかしたら落ちてたかも。だって、ここの中ですら１位

どころか、2位にもなれないんだもん」
　成績のトップ3は、1年生のときから変わらない。
　ブレない。
　3位がミカちゃん。
　2位が中島くん。
　1位は――。
「はのんの幼なじみはすごいよねぇ。成績は常にトップ。それどころか全国模試でも上位に入るほどの実力の持ち主で？　2年に進級したその日に、生徒会長に就任でしょ？　前代未聞じゃん」
　……そう。
　ときどき忘れそうになる。
　私の幼なじみで、元恋人の堺井遼くんが、同級生だってこと。
　立ち振る舞いが上品で、大人っぽくて。
　できるのは勉強だけじゃない。
　スポーツだって、なんでもこなす。
　才能の塊みたいな人なのに、気取ることもなく。
　そして何より、すごく優しい人――。
「1年のときは、会長みたいな人がなんで西高みたいな標準偏差値の高校にいるのか不思議でしょうがなかったよ。きっとあたしみたいに、他の高校の受験日にインフルエンザにでもかかったんだろうって」
　不思議でしょうがなかった、と文末がすでに過去形になっているのは、ミカちゃんはもう、事実を知ってるから。

「はのんを追いかけて入ったんだよね、西高」
「……うん」

　暗い声しか出ない。

　遼くんが西高にいるのは私のせい。

　遼くんは県外のトップクラスの高校を目指して日々努力を惜しまない人だった。

　だから、私を追いかけて平均的な偏差値の高校を受験することは絶対にないだろう。

　そう思って、私は西高を志願した。

　治安の悪い地域にあり、女子も少ないという話だった。

　けれど、遼くんと私の事情を知るかつてのクラスメイトと、また３年間顔を合わせて学校生活を送るのも苦しいから……という理由で選んだ高校。遼くんのために離れる。そう決めて受験したのに。

「願書提出する直前に、見られちゃったんだ。遼くんに」

　見つかってしまったけど、さすがに締切間近の願書を一から書き直すなんて絶対しないだろうと思って、完全に油断していた。

　それに、遼くんは私の願書を見たとき、何も言わずに背中を向けて去っていってしまったから。

　諦めてくれたんだろうって思った。

「だけど遼くんは、私に黙って西高を受けた。自分の志望校、あっさり捨てて。……ほんと、おかしいよね」

　頼んだレモンティーは、まだ一口も飲んでない。

　こんなときに限って、なんで酸っぱいの選んだんだろ

うって思う。
　悲しさが増すだけなのに。
　ミカちゃんみたいに甘いの頼めばよかった。
「でも、はのんが会長のことが大切だから離れようとしたように、会長もはのんのことが大切だから離れたくなかった。……そうでしょ？」
　そう言われると泣きたくなる。
　うんって返事をしようとしたら、鼻の奥がツンとして、濁音(だくおん)がついたような、こもった声が出た。
「私、最低かも……自分で振っておいて、友だちでいようねって。都合よすぎるよね、ダメだよね、こんなの……」
「うん。でも、はのんがした一番悪いことは、会長に言わなかったことだと思うなあ」
　ミカちゃんがため息をついた。
　わずかに、怒りを含ませたため息。
「はのんが一番苦しんでたときに、苦しいって、助けてって言わずに、勝手に抱(かか)えこんで離れようとした。そこがいけなかったんだと思う」
　ミカちゃんの言葉はいつだって的確。
　テキトウそうに見えて、ちゃんと考えてくれてる。
　我慢(がまん)してた涙がジワッとにじんだ。
「だけど、はのんはいい子だから心配かけたくないって気持ちでいっぱいいっぱいだったんだよね、きっと」
　ウンウンとうなずきながら、また一口アイスココアをすすったミカちゃん。

「今のはのんが、友だちとして会長の近くにいたいって思うならいいんじゃない？　はのんの気持ちが一番大事だと思うよ」

　そう言ったあと、ガラじゃないと思って照れたのか、慌てたようにスマホを手に取り、追いかけている俳優のフォルダを開いて。
「はぁ〜っ、見てイケメン！　色気ヤバっ」

　指を差されたのは、女の子みたいな甘い顔をした男の人。あんまりタイプじゃなかったけど、色気があるっていう部分は納得できたからうなずいた。

　ミカちゃんが照れてたのもたしかだけど、しんみりとした空気を変えてくれたのも事実。

　それからはドラマとかメイクのことについて、他愛もなく１時間くらい話した。

　お店を出たのは18時50分。
　秋の日の入りは早く、もうすっかり暗くなっている。
　それは、駅の手前まで来たときのことだった。
　ミカちゃんの家は南区。私の家は北区。
　電車のホームが逆でホームに近い入り口が違うから、バイバイして別れた。
　寄り道の場所から一番近かった、いつもと違う駅。
　このあたりは街の中心からは少し離れているせいか、ひと気が少ない。
　なんだか不気味で、早く駅に入ろうと歩き出した私の肩

を、誰かがつかんだ。
　一瞬、知り合いかな？なんて考えたけど、知っている人だったら、肩をつかむ前に声をかけるはず。
　嫌な予感がした。
「ねぇ、1人？」
　男の人の、妙にねっとりとした声が耳に届いた。
　おそるおそる振り向くと、白に近い金髪に、黒マスクをつけた人と、さらにその隣に、同じく金色の髪を後ろでくくり、黒いサングラスをかけてる人がいた。
　見るからにヤバい感じ。
　そう思ったときには、左右を挟まれてた。
「たしかこの制服、西高だよな。一応女子いたんだ〜。しかも、けっこう可愛いじゃん」
「どうせ暇なんだろ〜？　遊ぼうぜ」
　両方からベタベタと触れられる。
　──どうしよう。
　どうしよう。
　ドクンドクンと心臓が脈打つ。
　もちろんこんなに危なそうな人たちの誘いに乗ることなんてできない。
　だけど、抵抗すればどうなるの？
　逃げたいのに足がすくんで動けない。
　情けないくらいガタガタ震えてくる。
「あれぇ、おとなしいねぇ。純情そう〜。可愛い」
　今度は髪に触れてくる。

その次はお腹の下あたり。
やだ、気持ち悪い。
ぎゅっと目を閉じた、そのとき。
「おい」
　突然。後ろから、凍るような冷たい声が背中を貫いた。
それは静かな怒気をはらんでいる。
「その子、俺のなんだけど。誰に許可取って触ってんの？」
　この低い響きは、知ってる。
　校舎裏で、私に見せた裏の一面。
　あのときの、あの人の声。
「あ？」
　と声をあげて男２人が振り向いた直後、その手は一瞬で
私から離された。
　解放され動けるようになった私は顔を上げて、その人物
の顔を見た。
「あんたら、龍神の人間だろ。俺たちのシマになんの用
だ？」
　彼──中島くんが一歩近づくと、黒マスクの男は慌てた
ように後ずさる。
　もう片方のサングラスの男は、構えた低い姿勢を取った。
「へぇ、俺とやり合うつもり？　笑わせんなよ」
「るせぇ。黒蘭の最高幹部だかなんだか知らねぇけど、
あんま調子のんなよ、中島ァ」
　黒マスクの男が「おい、よせ」と肩をつかんだけれど、
その手は乱暴に振り払われる。

「いいぜ。相手してやるよ」
　中島くんの目がギラリと光る。
　ゾクッとした。
　そして。
「……その前に」
　私にようやく目が向けられた。
「こっちに来い、はのん。危ねぇから俺の後ろで見てろ」
　怖くて震えていたはずの足にぐっと力が入り、急いで中島くんの背中に回る。
　相手がサングラスを外した。
「ねえ、ここでケンカするの……？」
　私が後ろから耳打ちすると、中島くんは小さく顎を引いて答える。
「売られたからには買わなきゃね」
「でも、危ないよ」
「ダイジョーブ。数秒で終わらしてやる」
　私にチラリとも目を向けない。
　立ち位置をずらして斜め後ろからのぞき込むと、前の人物を見据えたまま口元だけで笑っていた。
「こーいうの苦手なら、後ろ向いとけば」
　そんな言葉を吐いたと同時に、地面を蹴った中島くん。
　あっという間に距離をつめ、相手が面食らった隙に左顔面に拳を叩きこんだ――かと思えば、それはフェイントだったようで。
　相手がとっさに腕で顔をガードしようとした瞬間。

「右脇腹、ガラ空き」
　長い脚が胴体を蹴り飛ばした。
　短くて鈍い音が響く。
　ゆっくりと瞬きして、再び目を開けば、サングラスをかけてた男が仰向けに倒れていた。
「はい、俺の勝ち。そっちはどう？　暇なら相手になるぜ」
　声をかけられた黒マスクの男は、地面に横たわる相方を見下ろして、そこから視線を上げることなく後ずさりを始める。
「悪かったよ……マジで。お前の女だとは知らなかったんだ……」
　語尾を弱めながら、ぶつぶつと呪文のようにつぶやく。
「わかってねぇなあ。どんな女でも同じだよ、あんたらの汚ぇ手で触んじゃねぇ。とっととお家に帰りな」
　そう吐き捨てると、中島くんは倒れてるサングラス男の背中を足で突いた。
「おい、意識あんだろ。こんなとこに寝っ転がってちゃ邪魔だ。歩けねぇなら這うか、そこの黒マスクにおんぶでもしてもらって今すぐ消えろ」
　そしてこちらを振り向いたかと思えば、私の腕をつかんで歩き出す。
　初めて男子のケンカを目の当たりにして唖然としていたせいか頭がぼんやりとしていて、振り払うことも『どこ行くの？』と尋ねることもしないまま、ただ手を引かれるままに足を動かした。

３分ほど歩いて中島くんが足を止めたのは、ベンチのある小さな公園の入り口だった。
　ここに来るまで、何も話さなかった。
　ようやく振り向いたかと思えば、無言で見下ろしてくる。
　ケンカをしたばっかりだから殺気立っていると思ってたのに、その目は予想と違って、不安そうにゆらゆら揺れていて。
「このあたり、危ないって知ってんでしょ。なんで１人でうろうろしてんの」
　幼い子に注意するときみたいな、優しめの口調でそんなことを言う。
　てっきり『バカ』とか罵られると思ったのに。
　ていうかさっきまで、荒っぽいセリフばっかり吐いてたくせに。
「ミカちゃんと寄り道して、……駅のホーム逆で近い入り口が違うから、別れた……」
　調子が狂って、言葉と言葉の間が切れてしまう。
　それこそ幼い子が言い訳するときみたいに。
「俺が来なかったらどうなってた？」
「……嫌なのに、夜まで一緒に遊ぶハメになった」
「能天気。そんなんじゃ、すまねぇーから」
　はあ、と息を落として、一度、斜めに目を逸らされた。
「震えてたろ。大丈夫か？」
　そんなんじゃすまないことは、ほんとはわかってるよ。
　すごく怖かったもん。

でも平気を装わなきゃ、気を使わせて迷惑かけちゃうって思って鈍いふりをしたのに。
　震えてたこと、気づいてくれたんだ。
　優しくしてくれるのは、好感度を上げるため？
　昨日言ってたみたいに、私に恩を売って、徹底的に口封じしようとしてるのかな。
　……だけど、本気で心配してくれてるように見える。
「だから、中島くんが優しいと、気持ち悪いんだけど……って——」
　言い終える前に、ふわっと空気が動いたかと思えば、中島くんの腕が私の背中に回って。
　気づくと、目の前にネクタイがあった。
　え。
　体が硬直した。
　カチンコチン、息を吸ったまま吐き出すのも忘れて、数秒経過。
　大きな手のひらが背中をポン、と優しく叩く。
　すると、固まってたものが少しずつほぐれていって、おとなしく身を預けることができた。
「……無理にこんなことしなくても、私、バラしたりしないよ」
　可愛くない発言だと思いつつも、つい口にしてしまう。
「本気で心配してんのに、ひどいよ上月」
　ほら、またそんな口調。
「言ったろ。優等生の俺も、案外嘘じゃないって」

かと思えばすぐニヤッて笑うから、本気なのか冗談なのか。
　　意識したことなかったけど、中島くん、背が高い。
　　こんな近い距離で目を合わせようとしたら、相当見上げなくちゃいけない。
　　そして見上げてしまえば、この構図。
　　──キスされたときのことを思い出してしまう。
　　同時に遼くんの顔が浮かんで、心の中がモヤッとした。
　　やっぱり、好きな人以外とキスするってありえない。
「もう大丈夫だから、離して……」
　　胸を押すと、腕の力がわずかに弱められたけど、完全に解いてはくれず。
「なあ、身長何センチ？」
　　突然、脈絡のない質問が降ってくる。
　　私が中島くんのこと高いって思ったように、中島くんも私のこと、低いって思ったのかもしれない。
　　隣に並ぶと、相手との身長差がはっきりわかるから。
「えっと、156センチくらい」
　　今年の身体測定を思い出して答える。
　　だいたい平均だと思う。
　　高くもないけどそこまで低くもない。
　　男子の平均は知らないけど、中島くんはそれよりも少し高いように見えた。
「中島くんは何センチ？」
「俺は、177」

「へえ、やっぱり高い……ね」
　本当は、もっとあるんじゃないの？って思うくらいスラッと高くて、モデルみたいにスタイルがいい。
　そう見えるのはたぶん、姿勢がいいから。
　背はけっこう高くて細身なのに、ひょろっとして見えることもない。
　猫背(ねこぜ)じゃない。まっすぐ伸びてる。
　でも堅苦(かたくる)しくも見えないから不思議。
　脚も長くて、体全体のバランスが整ってると思う。
　この脚で、さっき、あのサングラス男を蹴り飛ばしてたんだよね……。
　数分前の光景がよみがえる。
　あのときの中島くん、まとってるオーラが冷たくて怖かった。
　相手があんなに怖(お)じ気(け)づくのもわかる気がする。
　学校で見る中島くんのイメージとはほど遠いから、本当につかみにくい。
　マイルド優等生モードと、俺様モードと、不良モード。
　どこに切り替えスイッチがあるのか、探してみたくなるくらい。
「……ねぇ、中島くんて不良なんだよね？」
「はあ？」
「ケンカ強いし、煙草に手出してるし……さっき、黒蘭とか聞こえたし。でも、優等生も嘘じゃないとか言うし……わけわかんなくなってきた」

結局、何が言いたいかっていうと。
　あんまり惑わせないでほしいってこと。
　人格、統一してほしいってこと。
　じゃないと、一緒にいて胸の中がざわざわする。
　今日は煙草の香り、するのかなって思って、少し鼻から空気を吸ってみた。
　そしたら、甘い……ホワイトムスクみたいな、だけど香水みたいにしつこくもない匂いが鼻腔をくすぐって。
　そのあとに「上月」って呼ばれたからハッとして体を離した。
　ヤバい、ちょっと変態チックだったかもって。
　だけど、中島くんは気づいていない様子。
　そして、「上月はどれが好き？」なんて聞いてくる。
「どれが好き……って？」
「ケンカやってて口も悪い俺と、優等生で誰に対しても優しい俺」
「……そりゃあ、誰だって優しいほうが好きに決まってると思うよ？」
　不良なんて、みんな関わりたくないもんね。
「違うって。一般論じゃなくて、上月の意見」
「え、私？」
　首を傾げて見上げる。
　私の意見なんて言われても……。
「優しいほう」
　深く考えることなく出した答え。

それに対して中島くんは「ふーん」と興味なさそうに返事をしたかと思えば。
「じゃー優しくする」
　ポン、と今度は頭に手を乗せてきた。
　かがんで、目線も合わせてくる。
　突然、綺麗なつくりをした顔が目の前に来るから心臓が止まりそうになる。
　しどろもどろ。視線を泳がせて逃げた。
「え、何いきなり……」
「甘やかして甘やかして、死ぬほど優しくする」
「う、うん？　だから、どうしたのって……」
「真面目に言ってんの。こっち見て」
　親指と人差し指でほっぺたを挟まれて、むぎゅっと押しつぶされる。
　この距離……。
　さっきからほんと、なんなのっ？
　両手で押し返して顔を背けた。
「いちいち近いんだってば……！」
　私は緊張して息があがってるのに、中島くんはすました顔。
「優しいのが好きなんでしょ」
「いや、そうは言っても、中島くんが優しいと正直気持ち悪いし……」
「気持ち悪いって。それ、この前から言ってるけど何が気に食わないんだよ」

「だって本物じゃないでしょ？　自分でも言ってたじゃん、優しくしようと思えばいくらでも優しくできるって。……それって意識的につくられた優しさってことだよね」

　無理して優しくされたって嬉しくない。

「やだなー。上月さんって扱いにくい」

　はあ、とため息をこぼす中島くん。

　そして。

「俺、好きな女には尽くすのにな」

　ぼそっとそんなことをこぼした。

「中島くん好きな人いるの？」

「うん。目の前に」

　目を細めて、人差し指の先を向けられる。

「あ〜そういうのいらない。求めてない」

「あは、バレたか」

　軽く笑うと、頭の後ろで腕を組む。

　ほんと、コロコロ変わる人。

「私はもうアレ見ちゃったし、中島くんが一番楽な態度で接してくれればいいよ。私としてもありのままが嬉しいし、たぶんそのほうが好き」

　ちょっと恥ずかしい言い方になったかなって顔が熱くなったけど、平静を装う。

「……えー。なにそれ」

　返事が来るまで間があった。

　なぜか急にその場にしゃがみ込んで、中島くんは両手で顔を覆った。

指の隙間からチラリと目をのぞかせた状態で私を見つめてくる。
「俺さ、自分でもよくわかんねぇーの。ガキのときから親父の前では真面目ぶって、外ではぎゃあぎゃあケンカして。そしたらいつの間にか、正反対な人格が生まれててさ」
突然始まった話に、なんて返していいかわからずに、とりあえずゆっくりと相づちを打った。
「意識的に使い分けてるわけでもないんだよなあ、場に応じてか、なんかよくわかんねぇけど自然にそうなってる感じで。でもまあ、演じるのはたぶん得意」
えっと、どうしよう。
頭がフル回転。
これってたぶん、けっこう、重大な話。
胸が苦しくなってきた。
軽い気持ちでウンウンとうなずいていい話じゃない。
何か、言葉を返さなきゃ。
そう思って口を開きかけたら、はあーっと長い息が吐き出された。
「そういや、はのんちゃんと俺、共犯だよね」
「へ？」
「煙草、見て見ぬふり」
「え、いやそれは中島くんが口封じを無理やり——」
「あー面倒くさ。細かいことはどうでもいいからさ、お願いがある」
中島くんはしゃがんだまま、私に手を伸ばして、ぐっと

下に引っぱった。
　勢いと重力に逆らえなくて、そのまま一緒にかがみ込む体勢になる。
「本当の俺、一緒に見つけて」
　黒い瞳がまた、不安定にゆらゆらと揺れていた。
　勢いよく引っぱったくせに、つかんでいるその手は弱々しくて。
　握り返さないと、どこかに消えていってしまうんじゃないかと思ったくらい。
「アハハ、なんつって──って、……え？」
　ヘラッと笑いかけた目の前の顔が途中で固まった。
　笑顔になりきれてない引きつった表情のまま、中島くんは目を丸くして手元を見る。
「……っと、上月さん。これはいったい……？」
　今度は、苗字にさん付け。
　まったく、呼び方までバラバラなんだから。
「こんな簡単に、男に触れないほうがいーぜ？」
「……だって中島くん、が……」
「うん、俺が？」
「……ううん、なんでもない。……ていうかっ、先に触れてきたのそっちじゃん！」
　恥ずかしさが襲ってきて、中島くんの拳を包んでいた両手をパッと離したら、急に、余裕たっぷりの笑顔になった。
　さっきの憂いた表情は、どこにいったのってくらい。
「やっぱり女って、こういうのに弱いよな」

「えっ?」
「ちょっと弱った姿見せるだけで、すーぐ引っかかって慰めてくれる」
　そう言うとすっくと立ち上がり、しゃがみこんだままの私を見下ろして、頭の後ろで腕を組んだ。
「手を握ってもらったのは初めてだけど」って、何やらぼそっと付け足して。
「早く立たねぇと丸見えだぜ?　白地に花柄、かわいーけどさ」
　ポカンと見上げていたのもほんの一瞬。
　言葉の意味を理解して、火がついたみたいに顔がボッと熱くなった。
　隠すためにスカートを内股に入れ込んで、後ずさりしながら立ち上がる。
　最低、最低、最低、最低、最低っ。
　どんだけデリカシーないの?
　そもそも今までの流れはなんだったの?
　女はこういうのに弱いって……!
　引っかかってくれるって……!
「さっきの全部嘘ってこと?」
「言ったろ、演じるの得意だって」
「……最低すぎ」
　睨んだのに、軽い笑顔でかわされる。
　これは絶対楽しんでる。
　中島くんはそのまま背を向けて自販機のほうに歩き出す

と、何やら財布を取り出して。

どれにしようかと迷う様子もなく、ボタンを押した。

普通なら、そのままガコンと音を立てて飲み物が落ちてくるはずだけど、なぜか自販機は、シンとしたまま。

売り切れかな？と思って見ていたら、「あー。やっぱもう寿命(じゅみょう)か」そうだるそうにつぶやいて。

「今どきこんなボロい自販機どこにもねぇよ。頼むぜ〜まったく」

足を振り上げたかと思えば、ガンッと一蹴り。

すると、ガガガガとヘンな音を立てながら、時間差で飲み物が落ちてきた。

1本のペットボトルを抱えて、こちらに戻ってくる。

「あーでもしないと出ねぇの」

飲み物が出ないことにキレて蹴ったのかと思ったから、そうじゃなかったことに一安心すると、ふいに袖(そで)を軽く引っぱられた。

「ほら、こっち」

ペットボトルを使って指し示されたのは、公園の入り口近くにある赤色のベンチ。

「アレ、昨日新しくできたやつだから綺麗」

言われてみれば、眩しいくらいピカピカの赤。

錆(さ)びて茶色くなった遊具ばかりのこの公園で明らかに浮いてる。

引かれるままに歩いてそこにたどり着くと、「ん」と座るよう促(うなが)された。

「上月、炭酸いける人？」
「え？　う、うん」
「じゃあこれ、一緒に飲も」
　目の前に差し出されたペットボトルを見つめる。
　中身はコーラ。
「中島くん、コーラ好きなの？」
「うん。大好き」
　そう言って、はにかんだような笑顔を見せられた。
『大好き』
　花が咲いたみたいだ。
　あまりにも自然で素直な笑顔だったから、自分に向けられたものじゃないのにそわそわして胸が動く。
「えっ、ていうか、一緒に飲むって言った？」
　誤魔化すように、急いだ口調で尋ねた。
「うん」
「１本しかないのに？」
「上月が先に飲めばいい」
　そう言うと、ドカッとベンチに腰を下ろして。
「ほら、座りなよ」
「あ、はい」
　おそるおそる隣に座ると、「どーぞ」と手渡された。
　冷たい。
　周りにほんのり水滴(すいてき)がついてる。
「私が飲んでもいいの？」
「いーよ。さっき手握ってくれて嬉しかったから」

さらりとそんなことを口にして。
「中島くんが言ったこと、全部嘘なのに？」
「嘘だけど、上月の優しさは嘘じゃなかったでしょ」
　細めた目でのぞき込んでくる。
　私の反応を楽しんでるみたいに。
　私がどう感じてどういう気持ちになるのか、全部お見通しって言われてる気がした。
「違う？」
　って少し眉を下げて聞いてくるの、腹が立つ。
　確信してるくせに。
　わざとだ、わざと。
　もう、引っかからないからね。
　中島くんを無視して、フタを回した。
　プシュッと炭酸の抜ける音がして、甘い匂いがふわっと漂う。
　コーラを飲むのは久しぶり。
　体に悪そうな色。
　実際、飲みすぎるとよくないんだよねって思いながら飲み口に唇を近づける。
　だけどあることに気づいて動作を止めた。
　……これ、一緒に飲むって言ったよね。
　私が先に飲めばいいって言ってたけど。
「……間接キス」
「何を今さら。いいから飲みな」
　間接キスってわかってて飲めって言われても。

そんなのできない。
「無理……」
「なんで。俺たちキスした仲じゃん」
「っ、そういう軽いとこ、ほんとに無理なんだってば」
　ペットボトルを突き返したら、一応受け取る構えはしたものの、その指先に力は入ってなくて、どうやら拒んでいる様子。
「俺が軽いんじゃなくて、上月が重すぎるんじゃないの」
「ふざけないでよ。中島くんの感覚、ほんと理解できない。だいたい、あんなのキスじゃないし。私、カウントしてないから！」
　息を切らしながら言いきると、なぜか中島くんの手に力が込もり。
　受け取ろうとしなかったコーラを、今度は乱暴に奪って自身の口に流し込んだ。
　――そして。
「俺だって、誰にでもこんなことするわけじゃねぇよ」
　怒りを含んだ低い音が鼓膜を揺らす。
　反対側の手が伸びてくる。
　逃げる暇なんてなかった。
　後頭部をつかまれて身動きできなくなった私の唇を、やわらかいものが塞いだ。
　ドク、と脈が動く。
　固まっていると、離す隙は与えないまま少しだけ角度を変えて、またそっと触れられる。

体温が上がり、思考が鈍り始める予感。

流されるな、と言い聞かせた。

だけど、怒ったような声を出していたくせに、丁寧に触れてくる感触に戸惑って。

濡れた唇がほのかな甘さを伝えてくると、わけもなく涙がにじんだ。

「——ん……っ」

呼吸がうまくできなくて、うわずった吐息が漏れる。

クラクラ目眩がするほど熱いキス。

最後に上唇を優しく嚙んで、ゆっくりと名残惜しそうに離れていく。

バクバクうるさい音が自分の鼓動だって気づくのに時間がかかった。

口元に指先を当ててみる。熱い。

肩が上下に動いてる。

やだ。

この前のことは、事故って言い聞かせてなんとか落ち着いてたのに、なんでまたこんなことするの。

やだよ、こんなに優しく触れられると遼くんを思い出すから。

上書きしないで。

「……忘れたくないのに」

胸のうちのセリフが涙と一緒にこぼれ落ちた。

立ち上がると、「おい」と腕をつかまれる。

振り払った。

「触んないで」

「上月──」

「やっぱり嫌いだよ、中島くん。大嫌い」

　視界がぼやけながらも、相手の目をしっかりと捉える。

「どうせ反応見て、心の中では楽しんでるんでしょ。私が流されそうになるの見て、笑ってるんだよね」

「は？　何言ってんの、俺は──」

「さっきだって騙したじゃん、信じられるわけない。本当の中島くんは、"軽薄で、嘘つきで、最低"な人間。そうだよね」

　また息があがる。

　中島くんは何か言いたげに私を見つめるけど、結局そのまま口をつぐんだ。

　否定しないということは、やっぱりそうなんだ。

　モヤッとしたものが胸の中をうずまいた。

　背中を向ける直前、中島くんが傷ついた表情をしたように見えたのは、きっと気のせい。

　気のせいじゃなくても、どうせ、きっと、作りもの。

　一度も振り返らずに、駅まで走った。

空虚

　大好きな週末のテレビは半分くらいしか頭に入ってこないし、お気に入りの少女漫画を読んでもキュンキュンするどころか現実とのギャップに落ち込んで。
　夜に中学時代の友だちから【明日ヒマ？】って連絡が来たけど、今の気持ちを正直に話して、遊ぶ話は断った。
　——中島くん。
　頭の中、そればっかり。
　『軽薄で、嘘つきで、最低』なんて、言っちゃった。
　事実だよ。
　思ったことを口にしただけ……だけど。
　普段は、あんなに強気で発言することなんてまずない私。
　あれほどムキになった一番の原因はたぶん自分にある。
　中島くんとのキス。
　１回目は、嫌悪感しか抱かなかったのに。
　２回目は、遼くんと重ねてしまった。
　遼くんとのキスを思い出して、さらにそれを忘れてしまうんじゃないかって思うくらい、体の中全部中島くんに支配された感覚になって——。
　……怖かった。
　中島くんのことを否定しないと、あの無条件に甘やかしてくれるようなキスを、また欲しがってしまう気がして。
　中島くんは怖い。

恋人でもない私に平気な顔でキスできる人。
　唇を上手にもてあそんで、うっとりした気分にさせる。心まで楽なほうに引きずり込もうとする。
　慣れてる。絶対慣れてる。
　きっといろんな女の子と遊んでる。
　本心の見えない笑顔も怖い。
　いろんな笑顔をするのに、どれも嘘っぽくないから怖い。
　コロコロと表情を変えて、口調を変えて、雰囲気を変えて惑わすから、まるで操られてるみたい。
　支配者。
　その表現、ぴったりだと思う。
　ああ、隣の席。
　あと2ヶ月はこの状態が続くんだ。
　月曜日になってほしくないな。
　ベッドの上でスマホをぼんやりと見つめながら、そう思った。

　どれだけ嫌がっても、時間は止まってくれない。
　月曜日の朝はあっという間にやってくる。
「ミカちゃん、おはよ。あのね、朝礼始まるまでここにいてもいい？」
　目を伏せた状態で教室に入って、ミカちゃんの机の上に荷物を下ろした。
「いいけど。話すなら、はのんの席のがよくない？　後ろだし、窓側だし」

「ダメダメ。あの席はね、とにかくダメなんだ」
「なんで？　中島くんが隣だから？」
「っ、ミカちゃんダメ。大きな声でその名前を言わないで」
　慌てて制する。
「なんでよ。てか、中島くんまだ来てないみたいだけど？」
「あーん、だからもう！　中島くん中島くん言わないでっ」
　ついには自分で名前を口にしてしまうという失態。
　周りに聞かれてないかどうか、そして中島くんが本当に教室にいないかどうか、横目で確かめる。
「急にどうしたのー、慌ただしいねぇ。朝はいつもぼうっとしてるくせに」
「う……ごめん。とにかく今はここにいさせてほしいだけなんです……」
「うんうん、いいよー。詳（くわ）しい話はあとで聞かせてもらうから」
　お許しが出たので、ひとまずここで待機。
　先生が来るギリギリまでここにいて、チャイムが鳴ったら席につこうって……。
「中島はよーっす」
「今日遅えーじゃん」
　考えた矢先に戸が開く。
　う、うわーーっ。
　ご登校なされた。
　視界に入れない、視界に入れない。
　ミカちゃんの陰（かげ）に隠れるように頭を下げた。

だけど、耳の意識は中島くんに向いている。
「中島どうしたん？　顔色悪くね」
「……や、平気」
「俺、コーラ持ってんぞ。飲むか？」
「ほんと？　……ありがと、もらう」
　コーラが好きって、本当のことだったんだなあ、と思いつつ。
　顔色悪いって……。
　気になって顔を上げてしまいそうになる。
　心なしか、声に元気がないような気もした。
　少しだけ、少しだけ……。
　周りを見渡すふうを装って首を回した。
　そしたらタイミングのいいことに、バッチリ視線がぶつかってしまった……けど。
　直後、ふいっと逸らされる。
　ホッとした気持ち半分、モヤッとした気持ち半分。
　無理やりキスされたからとはいえ、助けてくれたお礼も言わずにいきなり帰ったのは私。
　気まずいことこの上ない。
　関わらないと決めていたけど、このままモヤモヤし続けるのも嫌だな……って。
　そんなことを考えていたら。
「おっす、上月さん」
　飛んできた声に、何事かと顔を上げれば、立っていたのは浦本くん。

「琉生、今日やけに元気なくねぇっすか？」
　なぜ敬語で話しかけられたのか。
　そしてなぜ私にそんな話題を振ってくるのか。
「うん、元気ない……んですか？」
　つられて敬語で返してしまう。
　すると――。
「上月さん、彼女でしょ」
　真顔でそう言われて。
「へっ？　いや、違――」
「琉生が、コーラ渡されたのにあんなにおとなしいの、おかしーんだよ！」
「は、はあ……」
　勢いに負けて、とりあえずうなずく手段を取った。
　中島くんはいつも、学校では……人前では、あんな感じだとは思うけど。
「もしかして痴話ゲンカっすか？」
「痴話……？　えっとだから、付き合ってないって……。あと、ちょくちょく敬語にならなくていいよ……」
「いや、琉生の彼女は大事にしないといけねぇから」
　だから彼女じゃない――って再度突っ込みかけたとき、予鈴が鳴った。
　意外と真面目なのか、浦本くんは「あ、じゃあまた」と去っていく。
　先生はまだ来てないけど、そろそろ私も移動したほうがいいかなと思い、荷物を持った。

中島くん、今日は珍しく、人と話さずに席に座ってる。
　やっぱり元気ない……のかな。
　教室の端を進んで、なるべく気配を消して自分の席に近づいた。
　あいさつくらいするべきかな？と思いつつも、さっきあからさまに目を逸らされたことを思い出して、無言のまま椅子を引く。
　先生が入ってきて朝礼が始まっても、中島くんは頬杖をついて、何も書かれていない黒板をぼんやりと眺めていた。
　何も言ってこないなら、それに越したことはないけど。
　無視し合いながらお隣の関係を続けるのも、なかなか苦しいところがある。

　気づけば朝礼が終わっていて、隣にばかり意識が飛んでいた私は慌てて1限目の時間割を見る。
　数学。
　スクールバッグを開いて、ペンケース、ルーズリーフ、それから──。
　……えっ。あれっ？
　手が止まる。
　教科書がない。
　胃のあたりがいっきにずどんと重たくなった。
　もう一回端から探してみても、ない。
　机の中にも入ってない。
　教科書がないと、授業を受けるのは厳しい。

ふと、遼くんの顔が思い浮かんで、借りに行こうかな、と思った。
　授業開始まで、あと５分弱。
　なんとか間に合うかな──と、席を立ちかけたとき。
「教科書、忘れたの？」
　隣から、声がかかる。
　窓側の私の席には、隣なんて１つしかない。
「俺の見せようか」
　目を丸くして顔を上げると、中島くんが──優等生モードの中島くんが、無機質な目で私を見ていた。
「っと、いや……大丈夫、です。他のクラスに借りに行くから」
「それって"遼くん"？」
「……う、うん、そうだけど」
「別にいーでしょ、一緒に見れば」
　教科書を片手に持ってヒラヒラと見せつけてくる。
　本気で言ってるの？
　これは純粋な親切心？
　裏とかない？
　教科書を見せるって言われただけなのにあらゆる疑念が浮かんできてしまうのは、相手が人格不安定の中島くんだから。
「中島くんは、迷惑ではない？」
「ではないね。とくには」
「……えっと、じゃあ……見せてください？」

あーもう。
口調穏やかバージョンだと受け答えが難しい。
ガタッと立ち上がる中島くん。
机の端を持ってひょいと浮かせて、私の机にぴったり合わさる位置でストンと下ろす。
中島くんが再び席につくと控えめなムスクの香りがしてきた。距離が近いなと感じた矢先、お互いの肩が触れ背中の筋肉が硬直した。
机が合わさった部分の中心に数学の教科書がスライドして現れる。
肩が触れたのはそのせい。
教科書の上に中島くんの手が置かれてる。
「……ありがとう、すごく助かる……よ」
中島くんの指先に焦点を合わせたまま、ぎこちなくお礼の言葉を放つ。
「今日はずいぶんとしおらしいね、上月さん」
気配で、中島くんが私の顔を見たのがわかったけど、気づかないふりをして指先を見つめ続ける。
だって、そっちが穏やかだからじゃん。
『見せようか』じゃなくて、『見せてやんよオラ』くらいの調子で来てくれたらいいのに。
「中島くんだって、今日なんか元気ないよね」
「元気だけど」
「……そう？」
「こっち見ないくせによく言う」

ふわっと空気が動く。
　　下からのぞき込んでくる瞳。
　　強制的に目が合うかたちになる。
「少なくとも、この前ハライタでうずくまってた上月さんより元気だと思う」
「……あれハライタっていうか、……女の子の日だったんだよ」
　　あ、この情報いらない、って思うのに。
　　穏やかな中島くんと目が合った状態だと思考が鈍ってしまって。
「うわ、生理を女の子の日っていう女、マジ無理」
　　目が細められたかと思えば、ボリュームを落とした低い声でそんなことを言ってくる。
　　あ、中島くんだ、と思う。
　　こっちの口調だと妙に落ち着く。
「言い方なんて個人の自由じゃん、男子のくせに口出ししないで」
　　ほら、スラスラ言い返せる。
　　なぜか強気になれる。
「オンナノコの日、つらそー」
「つらいよ。痛みの重さは人によるけど」
「上月さんは重いんだ」
「う……ん。月にもよるけど、だいたい重たい、かも」
　　……って。
　　なんでこんなコソコソと生理の話してるんだろう。

「放課後は、あんまり1人でうろつくなよ」
「うん」
　流れでうなずいてしまったけど。
　明らかに今、話の内容飛んだ。
「あ、うん。…うん、うろつかない、気をつける」
　ちゃんと言葉を受け止めてから、もう一度返事をする。
「えっと、金曜日はごめんなさい」
「……」
「……先に帰ったし」
「……」
「……えっと、その、軽薄で嘘つきとか言って」
「いーんだよ」
　黙って聞いていたかと思えば、遮るように言葉を被せてくる。
「ほんとのことだから。どうせぼくは、薄っぺらい人間です」
　私から目を背けると、のぞき込んでいた姿勢を戻し、椅子にもたれかかった。
　口元にはわずかな笑みを残してる。
「薄っぺらいとは、言ってないよ」
「でも俺、自分の利益しか考えてないぜ。目的のためならどんな姑息な真似だってするし、女なんか利用する対象としてしか見たことない」
「え、なに急に……そこまで自分を否定しなくても——」
「否定してよ。最低だっつって」
「はあ？」

この前は暴言吐いたら怒ったくせに、次は否定しろ？
「じゃないと困んだよね……」
　ため息と一緒にぼやいた中島くん。
　疲れたような笑顔を見せた。
　金曜日の傷ついた顔が——あれはきっと、絶対、錯覚だけど——ふっと脳裏をよぎる。
　すごく苦しそうに見えて、すぐに言葉を返せなかった。
「……えっと、中島くんのいいところ、私が見つけてみるから、元気出して」
　とにかく励ましてあげなきゃいけないって気になって、出てきたのがこのセリフ。
　中島くんは伏せた目を上げて、そしてぱちくり、瞬きをした。
　……あ、これ間違った？
　中島くん、たぶん引いてる。
　アハハ、冗談〜って言おうと思って口の端を無理やり吊り上げた。
　すると。
「いいかげんにしてくんない？　上月」
「う、ごめんなさい……」
　頭を抱え、怒った口調でそう言われて反射的に謝った。
「そんなの望んでねぇー……」
「う、うん。だよね」
「いや、想像の斜め上いくし、面白いし、……嬉しいけどさ」
　目を逸らすどころか、首ごとそっぽを向かれた。

「……本気になるの、だるいだろ」

　何かをぼそっとつぶやいたかと思えば、ちょうどそれに被さるタイミングで始業のチャイムが鳴った。

　うちのチャイム、間抜けな響きをしてる上に音が無駄に大きいから、ちょっとだけ耳障り。

　間もなく先生が入ってきたから、なんて言ったの？って聞き返すこともできず。

　そのまま号令がかかり、授業が始まった。

「今日は78ページからなー」

　先生がそう言って黒板に問題を書き始めても、中島くんはぼうっと頬杖をついたまま。

　手元の教科書を開く気配もない。

　私が勝手に開いていいのだろうか……。

　許可を求めようと視線を送っても反応はなく、仕方がないから、おそるおそる教科書に触れた。

　指示された78ページ。

　今日は複素数の計算。

　計算式の中に"i"なんて数字じゃないものが入ってるから苦手。

　それに、もともと、数学は得意なほうじゃない。

　どうか当たりませんように……と祈りながら問題をノートに書き写していく。

　だけど、やっぱりこういうときに限って運悪く指名されたりするもので。

「じゃあ今日は……グラウンド側の列から縦に当てていくか。問6まであるから、ちょうど上月までだな。解けたら前に書きに来て」
　問6。
　問題を見てげんなりする。
　教科書の問題って、たいてい簡単なもの順に並んでいるもの。つまり全6題あるうちの6番目は一番難しい問題ってことだ。
　ルート記号、それから"i"、おまけに分数。
　すでに考える気力をなくしつつ問題式とにらめっこ。
　これを解くには、前回の授業で習った知識が必要。
　そのためには、教科書をさかのぼらなければいけない。
「あの、中島くん」
　遠慮がちに声をかけると、相手は目線だけをこちらによこした。
「教科書、前のページめくってもいい？」
「……ああ。どうぞ」
　返事が来るまで間があった。
　反応が鈍い。
　目は合っているはずなのに、焦点が定まっていないようにも見えて、ぼんやりと虚ろな感じ。
「てか。いちいち許可取らなくていいから」
「え……でも、借りてるわけだから。半分」
　ふと私の手元に視線を落とした中島くん。
「……上月、当てられたの？」

「え？ ……う、うん。問6」

　私が当てられたこと知らなかったの？

　ぼうっと頬杖をついていた中島くんは、どうやら先生の話を聞いていなかったらしい。

　やっぱり今日は、どこか様子がおかしい。

　気だるいため息を1つ吐いたかと思えば、シャープペンを取り出し、芯の出ていない先っぽを私の書いた問題式の上に置いた。

「まずは下の段見て。"i"を分母に含むときは、無理数（むりすう）の有理化（ゆうりか）と同じ変形を使う」

　まさか教えてくれるとは思っていなかったから、突然のことに心臓がドキリと跳ねた。

「っ、えっと……無理数の有理化……？」

　たしか前々回くらいに習ったところ。

　思い出そうとするのに、ノートをのぞき込んでくる距離が近くて、思考は半分、そっちに持っていかれてしまう。

「ここに、共役複素数（きょうやくふくそすう）をかけんだよ。そしたら分母が実数になるから、普通に計算できるでしょ」

　トントン、と指し示して回答を導いてくれる。

「っと、つまり……aマイナス、biをかける……？ってこと、だよね……？」

　確かめるように口にしても、返事はもらえず。

　ただじっと、私のペンの動きを見つめているだけ。

　合っているかもわからない解答を人に見られるのって緊張する。

それでもなんとか解きあげてペンを置くと。
「せーかい」
　優しい声でそう言った中島くんが、口の端に小さな笑みを浮かべた。
　それはなんともやわらかくて、胸の奥がホカホカ温まるような心地がした。
　いつもは隙のない中島くんのガードが取り払われた。そんな感じ。
　問題が解けたことよりも、こんな表情もするのかという驚きが勝って、目の前の笑顔に釘づけになった。
「上月、解けたかー？」
　のんびりとした先生の声で我に返る。
「あっ、はい」
　短く返事をして立ち上がった。

　チョークを置くと、先生はウンウンとうなずきながら、ピンクのチョークで大きく丸をつけてくれた。
　それから解説が始まり、私はホッと胸をなで下ろして席に戻る。
「……あの、ありがとう」
　お礼の言葉を囁くと中島くんは「ん」とうなずいて。
「俺、少し寝る。これ好きに使っていいから」
　教科書を私の机にスーッと押しやった。
「え、寝るの？」
「うん。なんか、すげー眠い……の」

ぐったりした様子でそう言うなり、頭を机に伏せた中島くん。
「え、あの……」
　声をかけてみても、もう返事はなかった。
　机をくっつけたまま、近い距離。
　わずかに上下する肩が目の端にチラチラと映り、気が散りながらの授業になった。

　──キーンコーンカーンコーン。
　相変わらず大きく間抜けなチャイムが１限目の終わりを告げる。
　中島くんの様子が明らかにおかしいことに気づいたのは、その直後。
　数学は終わったので、机を離そうとしたけれど、眠っているところに急に動かすとびっくりさせてしまうと思い、声をかけてみた。
　そっと中島くんの肩を叩いた私の手が、ふいにぎゅっと握られた。
　触れた部分から伝わる体温が思いのほか熱くて、思わず力を込めて握り返してしまう。
「中島くん……もしかして熱あるんじゃ」
　わずかに顔を上げて、黒い瞳が私を捉えるけれど、すぐに力なく、ぐったりと顔が伏せられた。
　だけど、手は変わらず握られたまま。
　どうしよう。

頭の中にその5文字が並ぶ。
ずっとこの状態でいるわけにもいかない。
だけど、私が心配しなくとも、人気者の中島くんの周りにはすぐに人が集まってくる。
「琉生、どうした」
囲んできたのは3人組。
「やっぱ具合悪いんだろ。保健室行こうぜ、な？ 俺たちが付き添うから」
かなり慕(した)われてるなあ、なんて眺めていた矢先。
「……いい」
中島くんの弱々しい声。
「けど、無理したらやべぇよ」
「そうじゃない」
「は？」
ゆっくりと顔を上げ、わずかに潤(うる)んだ瞳が私を見る。
「上月さんに連れてってもらうから、……いいってこと」
私に与えられたのは瞬きをするだけの、ほんの短い時間だけ。
次の瞬間には手を引かれ、戸に向かって歩いていた。
ちょっ……。
たくさんの視線を感じて体がボッと熱くなるけど、私の前に立つ中島くんの足取りはどこか不安定で振り払うこともできず。
廊下に出ると、他のクラスの人たちがワイワイガヤガヤと騒いでいた。

だけど中島くんに気づくなり、誰もが自然と道を空け始める。
「琉生くん、こんちはっす」
　声をかけてきた隣のクラスの男子。
　それは友だち同士のあいさつというよりは、後輩が先輩を見て、慌てて頭を下げる礼儀のようにも見えて。
　同学年のはずなのに、なんでだろうと思っていると、軽くあいさつを返した中島くんが──。
「あいつ、族の仲間」
　ぼそりとそうつぶやいた。
「ゾク？」
「……あー……、なんでもねぇー」
　面倒くさそうに話を終わらせ、足を速める。
　ゾク……って、族？
　族……って、暴走族？
　黒蘭？
「中島くん、やっぱり不良なんだよね」
　答えたくないのか、面倒くさいのか、もしくは話す元気もないほど体調が悪いのか。
　沈黙のまま保健室に続く階段を下りる。
　私の質問は無視するくせに、手だけはしっかりと繋いだまま。
　保健室に着いた中島くんは、その戸を反対の手で３回ノックした。
　こういうところ、きちんとしているんだなあとヘンに感

心してしまう。
　中に入ると、保健室の先生がデスクでパソコンを忙(いそが)しそうに操作していた。
　私たちが近づくと、ハッとしたように顔を上げて笑顔を見せた。
「すみません、昼まで休ませてほしいんですが」
　中島くんがそう言うと、先生は心配そうな表情をして、引き出しの中から体温計を取り出した。
「とりあえず熱を測って……」
　そう言いながら、チラリと私のほうを見る。
「付き添い？」
「あっ、はい」
「じゃあ、彼の代わりにこれ書いてあげて」
　渡されたのは記入用紙が挟まれたボードとノック式の黒のボールペン。
「一番奥のベッドが空いてるから使って。隣に椅子もあるから、あなたはそこで書くといいよ」
　ニコニコと愛想のいい、生徒との距離が近い先生。
　あっさりとした性格に見えるけれど、そのほうが私たちも気を使わなくてすむからちょうどいい。
　中島くんのあとに続いてベッドのほうへ向かう。
　うちの学校の保健室はかなり広々としていて、一番奥となると、先生のデスクからも距離があり、ちょっとやそっと話したくらいじゃ聞こえないんじゃないかと思うほど。
　ベッドに腰を下ろして、体温計を挟んだ中島くんは、さっ

きよりぐったりして見える。
「えっと、中島くん。今朝は何時に起きましたか」
　私は隣の椅子に座って、記入事項の質問を読み上げた。
「……なんか、問診みたいだな」
「問診?」
「俺が患者で、上月が看護師さん」
　熱で潤んだ瞳がやんわりと細められる。
　弱っているせいなのはわかっているけれど、まとっている雰囲気が普段よりも圧倒的にやわらかいせいで、調子が狂ってしまう。
「今日は5時に起きた」
「5時?　早くない?　家が遠いの?」
「いや。西区内」
　校区内に住んでいるのなら、そんなに早起きしなくても十分間に合うはずなのに。
「今日は、たまたま目が覚めた」
「そうなんだ……。私は、朝は苦手」
「俺も。いつもはギリギリまで寝てるし」
「だよね。早めに目覚ましかけても、起き上がるのは結局同じ時間なこととか……」
　話が違う方向に盛り上がり始めたことに気づいて、慌ててコホンと咳払いをする。
「次は……朝ごはんは食べましたか」
「パン一枚」
「じゃあ、"少し"に丸しとくね」

そんな感じで最後の項目までやり取りを終えたとき、ちょうどいいタイミングで体温計がピピッと可愛らしい音を鳴らした。
「何度だった？」
　手元をのぞき込む。
　そこに表示されていた数値は……。
「38度4分……やっぱり高いじゃん。もう家に帰ったほうがいいんじゃない？」
「やだ。帰りたくない」
　まるで、門限を過ぎてもまだ遊び足りない子どもみたいな言い方。
　本人が帰りたくないと言うなら、おとなしくベッドで休んでもらうしかない。
「じゃあ、お大事に」
　そう言って立ち上がると「もう行くの？」なんて、少し甘えたような声が引き止める。
「これ書き終わったし、私は授業あるし……」
　答えながら記入用紙に目を落とす。
　すると、一番大事な名前を記入する欄が抜けていることに気づいた。
「あっ、待って。名前忘れてた」
「名前？」
「ここ。学年と、中島くんのフルネーム書かなきゃ」
　もう一度椅子に座った。
　今日の日付と。

学年は、2年。
　名前は——。
「中島くん」
「なんですか」
「下の名前は……」
　尋ねると、はあ？というような呆れた表情を向けられる。
「俺の名前、知らない？」
「いやっ、知ってる。知ってるけど——」
「じゃあ言ってみて」
　言葉を遮り、そんな要求をして来る。
「……るき、くん」
　次の言葉がくるまで、間があった。
　クラスメイトがいつも呼んでいるから知っているには知っている。
　そうじゃなくても、中島くんはこの学校の有名人だから。
　それなのになぜ名前を聞いたのかというと、漢字があいまいだったから。
「わかってんじゃん。なら、書けよ」
「そうじゃなくて、漢字がわからなくて。……えっと、流れる？で合ってる？」
　ああそういうことかと、納得した様子の中島くん。
「ちょっと違う」
「なに？」
「サンズイじゃなくて、オウサマの王」
「……ああ。わかった」

ペンを動かす。
「たしか、"き"は生きる、だよね」
　なかしま、るき——中島琉生。
　これでいいよね？と確かめるつもりでボードを渡して中島くんに見せた。
　うなずいたのを確認して、今度こそと立ち上がる。
「琉生って名前、かっこいいね」
　去り際に、大して考えるでもなく口からサラッと出てきたセリフ。
"るき"
　多くはない名前だと思う。
　名は体を表すと言うけれど、たしかに、綺麗な容姿をした中島くんに、やけにしっくりくる名前だと感じた。
　かっこいいね、に対しての返事はなく。
　その代わり「はのん……」と黒目がちの瞳が私を見上げてくる。
　一瞬、また呼び捨てにされたのかと思ったけれど、どうやら違うらしい。
「……って、ひらがな？」
「あ、うん」
「ふうん。めずらしーね」
「うん。初対面の人にはよく聞き返される。由来は……音楽に関係する用語？らしくて……私はあんまり詳しくないんだけど」
　お母さんがつけたらしい。

といっても、音楽をやっていたわけでもないらしく、ただ単に響きが可愛いからだとか。
「俺は好き」
「えっ？」
「はのんって名前」
　弱っている中島くんから出てくるセリフが、今日はやけに素直。
「いいんじゃね。お互い、カタカナが似合う名前ってことで」
　……カタカナが似合う。
　頭の中で文字を並べてみる。
　琉生――ルキ。
　はのん――ハノン。
　なんとなく言いたいことがわかると、自然とほっぺたがゆるんだ。
「ほんとだね」
　と、返した直後。
　――キーンコーン、と始業のチャイム。
「あ、ヤバい行かなきゃ」
　呑気に話してる場合じゃなかった。
　今度こそ、本当に背を向ける。
「上月」
　背中からかかる声。
　相手が病人だから、無視もできずに振り向く。
「昼休みになったら、俺のこと迎えに来て」

第 3 章
わからないココロ

甘え

　授業に遅れはしたものの、女子が少ないせいか、先生たちは甘い。
　怒られることはなく、頭を下げながら自分の席についた。
　隣がいないので気が散ることもなく、ゆったりとした気分で授業を受ける。
　でも、ときどき中島くんのぐったりとした顔が目に浮かんで、大丈夫かなと心配になった。
　……昼休みになったら迎えに来てって。
　午後からはまた、授業に戻るつもりなんだろうか。
　あれだけ熱があるなら、絶対帰ったほうがいいのに。
　ぼうっと考えていたら、いつの間にか授業は終わったようだ。
「ねえ、やっぱり中島くんと付き合ってる？」
　私の席に来るなり、声を落として話しかけてくるミカちゃん。
「やっぱりって何……違うよ」
「手、繋いでたじゃん」
「あれは、あっちが勝手に——」
「へぇ〜けっこう積極的なんだね、中島くん」
　私の言うことなんか無視で、勝手に話を進める。
「あれは、ほんと、違うんだって……。ほら、熱があったから何かにつかまってないと足元フラついちゃうから」

「でもこの前からやたらと距離近いよね」
「そんなことは……」
　——あるけど。
　だって、キスなんてゼロ距離。
　甘く濡れた唇の感触を思い出した。
「とにかく違うから……」
　否定の言葉を再度口にすると、目の前にふと、ミカちゃんじゃない人の影が現れた。
「なあ、琉生どんな感じ？」
　浦本くんがそわそわした様子で聞いてくる。
「熱があったよ」
「何度？」
「えっと、38度、4分」
「やべぇじゃん。そんで、帰ったのか？」
「いや……午前中は保健室で休むって。よくなったら午後から授業に出るつもりなのかも」
　あの熱でよくなるとは考えにくいけど。
　マジかあ、と頭をかく浦本くん。
「琉生ってがんばり屋なんだよな」
「そうなの？」
「いや違うか。自分のことに淡白？　鈍い？　なんていうんだろうな……きついとか言わねぇでギリギリまで平然としてんだよ。だからいつも、いきなり倒れる」
　案外、体が弱かったりするんだろうか。
　熱で弱った中島くんは、あの綺麗なつくりをした顔に、

はかなさがプラスされていた。
　そのうえ性格も素直でおとなしくなるようなので、いつもあんな感じだったらアンニュイな王子様みたいでアリかも、とか思った。
　完全に思考がヘンな方向へと進んでしまっていることに気づき、ゴホンと咳払いをする。
「私、昼休みに迎えに……様子を見に来るように頼まれたから、そのとき、無理しないで帰るように言ってみる」
「ああ。頼みます」
　そう言って浦本くんが頭を下げた。
　急に敬語になるのやめてほしい。
　こうやって礼儀正しくしているのは、私が、慕っている中島くんの彼女だと思ってるせいなのかもしれない。
　どうやら中島くんは、ゾクの中で、偉い立ち位置にいるみたいだし。
　彼女じゃないからね？と付け加えようとしたけれど、否定のしすぎは逆に怪しまれる事態にもなりかねないので今回は諦めた。
　浦本くんが席を離れると、ミカちゃんが眉をひそめる。
「マジでどうなってんの」
　どうもこうも……。
「いろいろあって」
「あたしに言えないようなことなんだ」
「うっ……」
　ミカちゃんのことは信頼(しんらい)してる。

それに、たとえ本当のことをミカちゃんに話したとしても、この学校は圧倒的に女子の数が少ないから、そこから広まる心配もないし。
　そう考えると、別に話してもいいのかなって気になってくる。
「弱みがあってね、それを握……」
　言いかけて、口をつぐむ。
　嘘つきで軽薄な中島くんだけど、いいとこの推薦を狙っているっていうのは本当みたいだし。
　事実、勉強もできて、そのために努力は惜しんでない人だから、『煙草吸ってたんだよ』とここであっさりバラしてしまうのも可哀想に思えてきた。
　これはたぶん、さっきの弱った姿を見たせいなんだろうけど。
「弱みを、握られてるんだ。私が」
「はのんが？　中島くんに？」
「うん。私が遼くんのこと好きって、バレちゃって……」
　こうなった原因の部分を隠しているだけで、伝えていることはあながち嘘ではない。
「万が一、遼くん本人に知られちゃ大変だから、言わないでって言った。……だから、……その、中島くんの機嫌をとって、黙っててもらおうって……」
「……」
　後半はちょっと苦しまぎれ。
　初めから欠いた情報を伝えているから、果たしてこれで

納得してもらえるのか不安が残る。
「中島くんて、人の弱みを利用するような人だったんだ」
　意外だという目でミカちゃんが見つめてくる。
「あの……ね、私が自らパシリになったんだよ」
　パシリなんて自虐的（じぎゃくてき）で、そして大げさなことを言ってしまったけど。
　おかげで話の終着点が見えた。
「そっかー。はのんも大変だよね。好きな気持ちがバレないようにって……がんばらなきゃいけないんだもんね」
　同情っぽく笑ってみせたミカちゃんは、時計をチラリと見て、「ちょっとトイレ」とその場を離れた。
　1人残された机で考える。
　もともとは私が弱みを握っていたはず。
　それを中島くんは握り返して。
　対等といえば対等のはずだけど、どうも中島くんには逆らえる気がしない。
　熱で弱ってるからって、甘い判断だったかな、と思いながらも、触れた体温を思い出すと、秘密なら秘密でいいんじゃないかと思えてきた。
　中島くんと私、2人だけの問題だから。

　──ということで、お昼休み。
　先生はご飯を食べに出ているのか、保健室の戸には【不在】と書かれた紙が貼ってあった。
「中島くん、起きてますか」

閉められたカーテンの外側から声をかける。
返事はない。
開けて、いいのかな。
返事がないのは、きっと眠っているということで。
カーテンに手をかけたまま、少し考える。
休んでいるなら無理に起こさないほうがいい。
……だけど迎えに来てって言われた。
もし起こさなかったら、約束を破ったと思われるかもしれない。
……それに、もし脱水症状とか起こしてぐったりしてたら大変だし……。

音を立てないようにカーテンを引くと、静かな寝顔に思わず固まってしまった。
やわらかそうな黒髪が額の上でサラッと流れていて。
長いまつげが影を落とし、スッと通った鼻筋に、無駄な肉がない綺麗な輪郭。
ほんのり赤く染まった頬が、整った顔をより色っぽく見せている。
やっぱり、黙っていれば本当に王子様みたいだ。
黙っていれば。
白くてきめ細やかな肌に引き寄せられるように近づけば、目の前の瞳がうっすらと開き、至近距離で視線がぶつかる。
とっさに離れればよかったんだろうけど、胸がドキッと音を立てただけで私の体は動いてくれなかった。

「……近」
　かすれた声。
「襲う気だった？　上月って案外積極的？」
「っ、はあ？」
「冗談。そういうタイプじゃないのは、わかってる」
「……」
　相手のほうが弱ってるのに、私がペースを乱されるってどうなんだろう。
「迎えに来てって言ってたから、来たんだけど」
「ああ、そうだったっけ」
「そうだったっけって……」
　忘れてたみたいに言わなくてもいいじゃん。
「まさか迎えに来てっていうのも冗談だったの？」
「そこ疑うのかよ」
「だって中島くん、わかりにくいんだもん」
「じゃあ、わかりやすくなるように努める」
　そう言うと、ゆっくりと上半身を起こして目を伏せる。
「……喉かわいた」
「ヘ」
「水持ってきて。そこの冷水機のやつでいい」
　相手は病人。
　言われることに対していちいち文句を垂れていても仕方がない。
　保健室入り口に設置されてる冷水機。
　備え付けの紙コップを取ってバーを引く。

容器の外側にも、ひんやり冷たい感触が伝わってきた。
「持ってきたよ」
「どーも」
「飲める？」
「は？」
「あっいや、あの。……自分で持って飲める？って意味なんだけど……大丈夫だよね、アハハ」
　昔インフルエンザになったとき、体に力が入らなくて受け取った水を落としてしまったことがある。
　その経験から無意識にそう口にしてしまったけど、小さい子ならともかく、男子高校生にそんなことを聞くのは我ながらどうかと思う。
「なに、飲ませてくれんの」
「っ、違う。ちょっと間違った」
「上月って病人にはすげー優しいね。ちゃんと、相手が俺ってわかってやってる？」
「うん。わかってるわかってる。小さな子とか思ってない、大丈夫」
　顔を背けながら水を渡すと、私の手に添えるようにしてそっと受け取った。
「わかってんなら、俺にあんまり近づかないほうがいいんじゃない」
　紙コップを口元に持っていき、喉に流し込む中島くん。
　ゴクリと喉仏が上下する。
「近づかないほうがいいって……。保健室に迎えに来いっ

「て言ったの、中島くんじゃん」
「そうじゃなくて。必要以上に近寄ったりとかって意味な」
　水を飲むだけで絵になる中島くんは、ラストいっきに注ぎこんで、空になった紙コップをくしゃりと潰した。
「うつるの心配してくれてるの？　それだったら私は大丈夫だよ。小学生以来、風邪ひいたことほとんどないし」
　これは本当。
　インフルエンザにかかったというのも、小学1年生のときの話。
「上月ってヘンなところ鈍いよね」
　視線を斜めに逸らし、なぜかため息をつかれた。
「呼んだ俺が言うのもおかしいけど、熱のせいでけっこう危ういわけ」
「危うい？」
「理性ってもんが、あんま機能しないってこと」
「……、はあ」
　なるほどわかった。
　保健室に男女2人きりというシチュエーション。
　少女漫画で見たことある。
「私が中島くんに襲われかねないってことね」
「平然と言うなよ。てか、わかってんじゃん。てっきりそーいう知識備わってねぇのかと思ってた」
「男子って、みんなそうなの？」
「は？」
「熱が出たり酔ったりすると、目の前にいる好きでもない

相手を誰彼構わず襲っちゃうものなの?」
　好き同士なら問題ないかもだけど。
　節操ないって危ないし、そんな人がもし彼氏だったら嫌だな……って。
「上月って……なんつーか、ヘン」
「ヘン?」
「鈍くはないくせに、物事を自分と離れたとこで解釈するんだな」
「どういうこと?」
　じっと見つめると、なぜか顔をしかめられた。
　しまいには面倒くさいと言うように、後ろの壁に頭をつけ、目を閉じる。
「あんまり見るな」
「……え」
「上月が言ったとおり、男ってときどき見境なくなるから。好きでもないはのんちゃんに、触れてえとか思うんだよ」
　再び開かれた目は、もう私を見ることはなく、瞼を伏せて手元の潰れた紙コップを見つめる。
　そんなことを口にされるくらいなら、私は初めから来ないほうがよかったのかもしれない。
　浦本くんに代わりを頼むとか。
　どっちにしろ、私と話していても疲れさせるだけだ。
　ここはもう、さっさと熱を測ってもらって、高いままなら帰らせるか、そのまま休んでもらうか。
「中島くん、熱測ろう」

枕元に無造作に置かれた体温計を手に取って差し出す。
「はのんちゃん、スルースキル高すぎ」
　中島くんがぼそりと何かつぶやいたのがわかったけど、聞こえなかったから、とりあえずうなずいておいた。
　数十秒後、ピピッという音とともに取り出された体温計。
「何度だった？」
　そう尋ねると、数値が出ている面を黙ってこちらに向けてくる。
　38度4分。
「上がってはないけど……もう帰ったほうがいいよ」
「授業受ける」
「何言ってるの、ダメだって」
　私がそう言うと、少し考えるように黙り込んだ。
　そして、チラリと下から、目を合わせてきたかと思えば。
「昼休み終わるまで俺のそばにいて」
　甘えるような声。
　思わず胸が動かされかけたけど、下から見上げてくる瞳は私を試しているようにも見える。
「私、まだご飯も食べてない」
「そんくらい我慢できるでしょ」
「やだよ。中島くんは今すぐ家に帰って休んだほうがいい」
「だから帰りたくないって」
「ワガママ言わないでっ」
　身を乗り出して、ベッドの上に手をついた。
　中島くんがビクッと動いて、それからゆっくりと口角が

上がる。
「だから、近いって。上月」
　トーンの落ちた声が耳元で響く。
「あのさ、さっき言ったこと嘘」
「嘘？」
「誰でもってわけじゃないから。少なくとも俺は」
　突然何を言い出すんだろう。
　今は、帰る帰らないの話をしているのに。
　だけど、かすれた低い声が、やけに心地よくて耳を傾けてしまいたくなる。
　するとふいに、中島くんの手が伸びてきて、指先が私の髪を優しく掬(すく)った。
「熱あるときくらい、甘えさせてよ。……ね？」
　髪に触れていた手が離れ、そのまま首元に移動する。
　すぐに反対の手も回ってきて、長い腕が背中の後ろで組まれたのがわかった。
　ぐっと力が込められて、斜めにバランスを崩した私の体。
　気づけば中島くんの腕の中。
　鼻先が中島くんのシャツに当たってる。
　ムスクみたいな甘い匂いでいっぱいになった。
　……えっ？
　なんでこんなことに？
　私の体の半分以上、ベッドに乗っかった状態で。
　目の前には中島くんの体。
　存在を確かめるように再度ぎゅっと抱きしめられて、い

よいよ息がつまりそうになる。
「……やわらか」
　なんて声が落ちてくるものだから「太ってるってこと？」と、冗談っぽく返してみたけど。
「ちょうどいいってこと」
　少し体を離したかと思えば、今度は肩に額をつけてくる。
　やわらかい黒髪が私の顔に触れてドキッとした。
　ちょうどいいってなんだろう。
　とか考えながらも、次第に速くなっていく胸の音が聞こえてしまわないか心配になってくる。
　……これは中島くん相当弱ってる。
　中島くんこそ、相手が私ってわかってる？って聞きたい。
　お母さんか何かと勘違いしてない？って。
　あまりにドキドキするから離れたいけど、病人だから、突き放すこともできない。
　――そんなとき。
　私のポケットに入っていたスマホが小さくバイブ音を鳴らした。
　これは離れる口実ができたんじゃないかって少しホッとする。
　読みどおり、腕の力を弱めた中島くん。
「ちょっとごめんね」
　断ると、名残惜しそうにゆっくりと腕がほどかれる。
　取り出して画面を見てみれば、表示されていたのは遼くんの名前。

「——もしもし？」
　中島くんに背を向けて電話に出る。
『ああ、はのん？　申し訳ないんだけど、生徒会室来られない？　資料づくり、手が足りなくて』
「あっ、今から？」
　どうしよう、ご飯も食べてないしなって一瞬考えたけど、遼くんの頼みなら断れない。
　むしろ、私が一緒にいたいって思うから。
『忙しいなら、他の人に頼むけど……』
「ううん、大丈夫だよ、遼くん。すぐ生徒会室行くね」
　そう言って電話を切る。
　中島くんに『じゃあ、そういうことだから』と言うつもりで再び向き合った。
　——けれど。
　私が振り向いたときには、なぜかもうベッドから立ち上がり、制服を軽くはたいていて。
　帰る気になったのかと思ったけれど、歩いていったのは保健室の裏口のほう。
「ちょっ、どこ行くの？」
「煙草」
「はあ？　何言ってるの、ダメだよ、そんなの吸っちゃ。ていうか、また見つかったらどうす——」
「だるい」
「……は」
　なぜか怒った様子でため息をつかれる。

「やっぱ、好きとかいいことねぇー……」
　小さい声でつぶやくセリフが、またしても聞こえない。
「なんて言ったの？」
「早く行けって言ったんだよ。りょーくんのとこ」
　ぶっきらぼうに吐き捨てると、一度も私を見ることなく裏口から出ていってしまった。

トクベツ　〜side琉生〜

　あー、はいはい。ちょっと近づけた気がしたけど、お前にとっちゃ、その程度ってことね。
　こっちは、このまま時間が止まればいいのにとか思ってたのに、あっさり他の男のところに行くんだな。
　保健室の裏口から出て、できるだけひと気がないほうに歩いていく。
　ポケットの中のライターに手を伸ばした。
　……見つかったらどうするのって？
　本気で心配してんなら、追いかけてでも止めてよ、上月。
　俺はお前といれるなら、こんなもの、必要ないって思えるんだけど。
　たぶん。

「おっ。体調もういいん？」
　教室に戻ると、戸のところで浦本にばったり会った。
「よくない」
　何もかもよくない。
　体調も気分も最悪。
「だろうな。顔色めっちゃ悪い」
「……帰る」
「帰るって、その状態でか？」
「……」

今は上月のこと考えたくないし。
「そこらへんの女に看病してもう」
「は？　んなの、上月さんが悲しむんじゃ……」
　浦本の誤解は解いといたほうがいいんだろうけど、あいにく熱のせいでこれ以上しゃべる気が起きない。
　荷物をまとめて、教室をあとにした。

　家は、繁華街の一角。
　道を歩けば、おなじみの顔ぶれがそろってる。
「琉生クン〜お帰り！　今日は早くない？」
　最初に声をかけてきたのは２コ上のキャバ嬢。
「早退してきたー。アミちゃんは今日フリー？」
「あっ、もしかして体調悪い？　うん、今日あたし休み。看病してあげる〜、ウチおいで？」
　あー、やっぱこっちのが楽。
「マジで？　すげぇ助かるわ〜ありがと」
　ニコって人懐っこい笑顔返したら、ハイ完了。
　あー、やっと解放される……。

　玄関を開けたら、甘ったるい匂いに包まれる。
「あたし料理できないけど、おかゆくらいならつくれるから〜。ちょっと待っててね。ベッド使っていいよ」
　他人のベッドに図々しく乗るのはさすがにためらわれるから、ソファーで体を休ませることにした。
「ここ１週間くらい、琉生クン遊んでないよねーって、友

だちと話してたとこなんだ〜」
　キッチンから聞こえてくる声にぼんやりと耳を傾ける。
　……遊んでない？
　そうだっけ。
「誘っても、なんだかんだ理由つけて断られるって」
「あー……」
　そういえば、この前もその気になんなくて帰ったっけ。
「本命でもできたのかなーって、みんな噂してるよ」
「……は」
　頭にモヤッと浮かんだその顔を慌ててもみ消した。
　上月のこと考えたくないからここにいるんだろ、俺。
　ていうか、上月のこと頭から離れなくなったのって、いつからだっけ……。
　最初は、イメージとかけ離れた女だと思った。
　頭ゆるそうで、おっとりしてて、人畜無害そうだって思ってたから。
　正直ナメてた。
　ところが……だよ。
　ほっぺたぶっ叩かれるし、戸に指挟まれるし、変態呼ばわりされるし。
　普通、逆だよな。
　こんなことされたら、嫌いになるだろ。
　なのになんで？
　教室にいて友ダチとしゃべってても目が勝手に追ってしまう。

具合悪そうだなって思ったら、無意識のうちに追いかけてたし。
　……あれだ、たぶん。
　俺にかみついてくる女が珍しいっていう、ちょっとした興味、好奇心……が、いつの間にか……。
　あー、わかんねぇ。
　いつ？
　いつなんだ？
　初めにヤバいかもって思ったのは――。
『中島くんが優しいと、気持ち悪いよ』
　上月が廊下で座り込んだとき、俺が手を差し出して、その手を上月が取って。
　あのとき、めちゃくちゃ距離が近くて。
　胸がヘンな感じになった。
　目の前にある唇に目が行って、奪いたいとか思っ――。
「はい、できたよー」
　声がかかって我に返る。
　ソファーが沈んだ。
「あーんしてあげよっか？」
　隣に座ったアミちゃんがスプーンを回して微笑む。
「もう～なに固まってるの？　もしかしてあんまりお腹すいてない？」
「いや、違――」
　返事をしかけたとき、首の後ろに白い腕が回ってきた。
「まだ熱いし、冷めるまで待ってようか」

第3章 わからないココロ ≫ 139

妙に甘ったるい声。
うるっと濡れた唇が近づいてくる。
いつもの流れ。
──だけど。
「っ？　……琉生クン？」
　手が勝手に、アミちゃんの肩を押し返していた。
「あ……いや。ごめん、風邪、うつったらまずいし？」
「そんなの気にしないよ～！」
　そうじゃん俺、上月にこれ以上会いたくなくて早退してきたのに。
　この流れに任せてりゃ楽だっつー……のに。
「悪い。嘘」
「嘘？」
『えっと、中島くんのいいところ、私が見つけてみるから、元気出して』
　──たぶん、あれで完璧にオとされたな……。
　あーあ、やられた。
　こんなの初めてなんでお手やわらかに頼みたいのに、よりにもよってライバルがハイスペック幼なじみとか。
「俺もう、こーいうのやめる」
「え？」
「アミちゃんだけじゃなくて、他の子とも」
　逃げてばっかじゃ、手に入んないんだよなあ、今回ばっかりは。
「俺もう、あの子じゃないとダメみたい」

大好物

　結局、ご飯を食べないままお昼休みが終わり、生徒会室へ行った帰りに気になって保健室に寄ってみたけど、中島くんの姿はなかった。
　教室に戻ってもあの綺麗な顔は見当たらなくて、ロッカーの荷物もなくなっていた。
「琉生なら、さっき出ていったっすよ」
　浦本くんが隣に並んでくる。
「……帰ったんだね」
　あれだけ熱があるなら家で休むのが一番。
「よかった」と付け足すと、なぜか浦本くんはムスッとした顔をした。
「よくねぇし」
「えっ？」
「ちゃんと、上月さんが看てやってくださいよ。琉生は間違っても、おとなしく家に帰って寝たりしねぇから」
　どういうこと？
「でも、荷物持って出ていったんだよね」
「そーだけど。琉生にとっての自宅って、1人で寝るための場所でしかねぇし」
　1人で眠るのならこの場合ちょうどいいんじゃないかと、ますます頭をひねる。
「俺の言いたいことわかんねぇっすか？　彼女ならもっと

危機感持ったほうがいいって」
「危機感ってなんの？」
　"彼女"を否定するのも忘れて、つい聞き返した。
「西区の繁華街に行きゃ、あいつを介抱してくれる女なんか、ごまんといるって話」
　中島くんを介抱してくれる女の子。
　顔もよくてスタイルもいい、あんな抜群な見た目を持ってるんだから、そりゃあ周りはほっとくわけない。
　キャーキャー騒ぐと思う。
　たまたま西高には女子がほとんどいないっていうだけで、女の子の集まりの中ではさぞかしモテるんだろう。
「じゃあ中島くんは今、西区の繁華街にいるってこと？」
「ああ。歩くだけで寄ってくる女をテキトーにつかまえて、看病してもらってんじゃないすか」
「そうなんだ」
　あの体で遊び回ってるなら問題だけど、介抱してもらえるなら全然いいと思う。
「んなあっさり言ってる場合かよ」
　なおも怒った様子で、なぜか私の腕をつかむ浦本くん。
「上月さんは、それでいいんすか？」
「それでって？」
「だから、他の女が琉生を看病……ってか、ベタベタ触ってんのがだよ！」
　勢いに圧されながらも、言葉の意味を理解して。
　ここは丁寧に誤解を解くことが先決だと判断。

「あのね、浦本くん。ちゃんと聞いてほしいんだけど」
「なんだよ」
「中島くんと私、付き合ってない。……本当に」
「……え？」
　何度も否定してきたはずなのに、浦本くんは素っ頓狂な声を出した。
「マジで？」
「何回も言ってる気がするけど……」
「けど、席を無理やり隣にするくらい、海みてぇに深く想い合ってるんじゃ……」
　海みたいに深く、だなんて、意外にロマンチックなこと言うんだなあってギャップに笑ってしまった。
「じゃーなんで琉生は、上月さんに執着してんだ？」
「え……」
　それは……。
　数日前のワンシーンが頭に浮かぶ。
　ほとんど話したことがないはずの私たちが、突然よく絡むようになったことは事実で、周りが驚くのも無理はない。
　中島くんが私に執着している原因は、ただの口封じにすぎないんだけど。
　中島くんが煙草を吸ってるって、浦本くんは知ってるんだろうか。
　バレたらまずいっていうのは、最終的に先生に伝わることを恐れてるってこと。
　周りを取り囲んでるメンバーはそれくらい知っているの

かもしれない。
　だけど、学校での中島くんはいつも優等生として存在していて、浦本くんの前でも穏やかな話し方をするから本当のことはわからない。
「彼女じゃなくても、そばにいることに変わりはねぇよな」
　考え込むようにして、浦本くんが腕を組む。
「大事にしてやってくれよ、琉生のこと」
　それだけ言うと背を向けて、男子の輪のほうへと戻っていってしまった。
　私も、隣が空いた席につく。
　一番後ろで、窓側で、そして隣に誰もいないっていうのは少し寂しい。

　予鈴が鳴って5限目が始まって。
　ノートを取りながら、中島くんの分も取ったほうがいいかなって考える。
　私よりはるかに頭がいいし、勝手に世話を焼く必要もないかなとは思うけど、午後の授業、出たがってたみたいだし……って。
　帰り道で家の近くのコンビニに寄ってコピーしようって決めた。
『大事にしてやってくれよ』
　浦本くんに言われたセリフ。
　いつも周りにたくさんの人がいて、女の子も放っておかない中島くんは、みんなに大事にされてると思う。

わざわざ私に言う必要はないと思いつつも、何か意味が含まれてる気がして、ちょっと引っかかった。
　だけどそれもたぶん、考えすぎ。
　テキトウに女の子をつかまえられるくらいだから、慣れてて当然。
　弱ってるときは、きっと誰にでも甘えるんだ。
　……さっきみたいに、ああやって。
　甘えたら甘やかしてもらえるのが、中島くんにとっては当然のことで。
　私は慣れない距離感にそわそわしたのに、彼にとってはなんでもないこと。
　そう考えるとなんだかモヤッとした。

　次の日、中島くんは学校を休んだ。
　そしてその次の日の朝も姿を見せることはなかった。
　風邪をこじらせているのかなと心配したら、浦本くんが「サボりらしい」とわざわざ教えに来てくれた。
　推薦を狙ってるって言ってたくせに、平気で休むんだ。
　まあ私には関係ないけどね……。
　ふうとため息をついて、木曜日、4限目の授業が終わった、ちょうどそのとき。
　教室を出る先生と入れ替わりに、誰かが入ってきたかと思えば。
「……中島!!!」
　クラス中がわきあがった。

歓声にも似た声があがって、もはやお祭り騒ぎ。
「もういいのか体調」
「コーラいるか？」
「中島いねぇーとつまんねえよ！」
　などなど、たくさんの会話が交わされる。
「コーラはもらう。ありがと」
　気だるげに受け取ると、そのまま自分の席——つまり私の隣に向かってくる。
　——なんて言おう？
　会うのは３日ぶり、保健室で妙な別れ方をして以来だ。
　ここはさりげなく、体を労って……。
「中島くん、体は——」
　最後まで言い切れなかったのは、中島くんの席に男子がぞろぞろ集まってきたから。
　私と中島くんの席の間が人で埋め尽くされる。
　話しかけるどころか、人壁であっという間に姿が見えなくなった。
　お昼休みなのに、みんなお弁当を食べることも忘れて中島くんに話しかけている。
　アイドル並みの扱い。
　これだけ多くの人に好かれる人も珍しいと思う。
　私はおとなしくミカちゃんの席に行ってお弁当を食べようと席を立った。
　すると。
「ほらコレ、３日分の板書。中島のために取っといたんだぜ」

そんな声が聞こえてきて。
　隙間から、ペーパーを手渡す坊主頭(ぼうず)のクラスメイトと、それを受け取る中島くんが見えた。
　目が合わないように、急いで逸らす。
　……そうだよね。
　お弁当袋の持ち手をぎゅっと握る。
　私がコピーを取らなくても、中島くんのことを思ってる人はたくさんいるわけで。
　あーあ、コピー代にかかった総額約300円、無駄だったなって。
　ううん300円なんていいんだ。
　お金じゃなくて、気持ちの問題。
　中島くんが来たら渡そうって思ってた、私の机の中にあるファイル。
　コピーされた私の板書たちが急に可哀想に思えてきた。
　頭から振りきって、早足でそこを離れる。
　ミカちゃんの席の隣につくと。
「人気者だね」
　中島くんたちのほうを見ながらそう言った。
「中島くんの隣、やっぱりやだな……」
「でも自分から言いなりになったんでしょ？」
「えっ？　ああ、うん、そうなんだけど！」
　そういえばそういう設定だったと慌ててうなずく。
「中島くんのことなんていいじゃん！　早く食べよ」
　お弁当袋の紐(ひも)をほどいて中身を取り出す。

今日はタコさんウインナーと、大好きなそぼろご飯。
騒がしい男子たちに背を向けて、もくもくと頬張った。

そして午後の授業が始まる。
嫌でも中島くんの隣に座らなければならない。
さっき話しかけようとしたのを男子たちに遮られたせいで、もう自分から話しかける気力はなくて、黙って椅子に座った。
視界の端に大量のコーラのペットボトルが映った。
10本はあるんじゃないかと思う。
机の上に立てられていて、思わずそちらを向くと、中島くんと目が合った。
「……あ、すごい、ね、コーラ」
動揺して不自然に途切れてしまう。
ニコッと笑ったつもりだけど、相手は「ああ」と低く相づちを打っただけ。
そのままスマホを取り出して、目を落とした。
予想外のそっけなさに、頭の中にハテナマークが浮かぶ。
みんなの話には愛想よく答えてるくせに。
私、何かしたっけ。
たしかに妙な別れ方をしたけど、あれは中島くんが勝手にベッドを立って、なぜか機嫌悪く煙草とか言って出ていっただけ。
怒りたいのはこっち。
私に一度裏の顔を見られた中島くんは、もう私にどう思

われようが関係ないらしい。
　今の態度で話したくないんだなって伝わってきた。
　保健室でさんざん甘えてきたくせに、と思う。
　用がすんだら無視も同然って、どれだけ都合がいいんだろう。
　顔のいい、人たらし。
　ろくな男じゃないって思う。
　私がこうやってムカムカしている間も、中島くんは呑気にスマホなんか見て違うこと考えてるんだと思うと、バカらしくなってきた。
　こんなことだったら、早く席を替わりたい。
　結局5限目、6限目と、ひと言も話すことなく時間が過ぎていった。
　中島くんも、私のことを意識して見てないんじゃないかってほどそっぽを向いていて。
　終礼中、『感じ悪』って心の中で毒づいた。

「きりーつ、礼」
　終礼が終わって、一刻も早く中島くんのそばを離れたい私は、ハイスピードで荷物をカバンに詰め込み始める。
　どうせまた、この席の周りにはたくさん人が集まってくるだろう。
　通路を塞がれたら、堪（たま）ったもんじゃないし。
　どうやら中島くんも、私の顔を見たくないみたいだし。
　そんな思いで、いっきにつかみ取った教科書たち。

慌てていたせいか、スルッと手中から抜け落ちた。
　あっと思ったときにはもう遅くて、バラバラ……と床に散乱。
　そのうちのいくらかは、中島くんの足元に及んでいる。
　あああ、最悪！
「っ、ごめん。すぐ拾うから……」
　そう言ってとっさにかがんだ私。
　伸ばした手に、ふと長い指が重なった。
「何やってんだよ」
　耳元で低い声。
　ふわっと香る甘い匂い。
　……拾ってくれるの？
　また『ごめん』と謝った私を無視して、無言で拾ってくれる中島くん。
　思わずその場に固まった私は、"そのこと"に気づくのが遅れてしまった。
　——中島くんのためにノートをコピーして入れておいたファイルが、バラバラになった中身と一緒に、彼のすぐ手元に落ちていることに。
　ハッとしたのと、中島くんがそれを拾い上げたのは、ほぼ同時。
「あっ、ありがとう！　拾ってくれて！」
　奪う勢いで手を伸ばすと、ひょいと避けられ、私の指先は空を切る。
　私の手から逃れた中島くんはその紙をじっと見つめて。

「……」

「……」

　沈黙。

　冷や汗がたらりと垂れた。

「これ、俺が出てない授業のやつ……」

「っ、それは違……くて」

　誤魔化すための材料がそろわないまま否定しても、先のセリフが見つかるわけはなく。

「違うんだ？」

「う……」

「付箋に、俺の名前書いてあんのに？」

「……あ」

　トン、と人差し指が置かれた箇所を見て、もう認めるしかないと諦めた。

　自分のプリントと混ざらないように、【中島くんの分】と書いた付箋を貼り付けていたんだった。

「よけいなお世話だったよね。中島くん、他の人からももらってたしね。頭悪い女のノートとか普通にいらないよね」

　アハハ……って自虐的に笑ってみたのに、中島くんは表情を変えず、反応を示してくれない。

　ヘンな空気。

　わざわざ自虐に走ったんだから、ここはぞんざいに扱っていただきたい流れ。

　気を使って『ありがとう』なんて言われるよりも、『うざ。マジいらねぇー』と投げ捨ててくれたほうが、よっぽどあ

りがたい。
　相手があまりに何も言わないから、私がまた声をかけるしかない。
「それちょうだい。処分するから」
　そう言ったのに、またもや無視。
　　……かと思いきや。
「これだけじゃないだろ」
「えっ？」
「あと何枚？　これと……これもだな」
　中島くんは散らばったノートのコピーを拾い集めると、机の上でトントンと角をそろえた。
　びっくりして見上げる。
「遅いんだっつーの」
　そしてなぜか、睨まれる私。
「こういうのは早く渡せって」
「え……でも」
「まさか上月がこんなことしてくれてるとか、思わなかったから。俺」
　ぶっきらぼうな口調とは裏腹に、丁寧な手つきでプリントをファイルに入れ始める。
　そしてそれは、そのまま中島くんのカバンの中へ。
「……や、気を使わなくて大丈夫だから。どうせゴミだし、私、自分で捨てるから」
「俺がゴミだと思ってないから、持って帰るんだろ」
「え……」

「俺が上月を相手に妙な気使ったりしないって、わかってんじゃないの？」
　そう言われてみればそう。
　私の前じゃ容赦なく悪態つくし、態度悪いし、さっきまで無視してたし。
「……うん。ありがとう」
　ここで私がお礼を言うのもヘンかなって思ったけど、なんだか嬉しかったから。
　すると——。
「中島ー、今日どこ寄って帰んだ？」
　1人の男子が声をかけてきたかと思えば、それに続いて、ぞろぞろと大人数が集まってくる。
　あああ、また人壁ができる。
　すばやくここを離れるしかないと判断。
「じゃあ……」
　と中島くんに小さく声をかけて、一歩踏み出したけど。
　その直後、ぐっ、と後ろに重力がかかる。
　何事かと思えば、カバンを引っぱられていた。
　私のカバンを片手で力強く引っぱったまま、ニコニコと愛想のいい笑顔をクラスメイトに向けて。
「今日は先に帰っててくんない？」
　なんて言ったかと思えば。
「てか、今すぐ2人きりにしてほしいんだけど……とかね」
　シンと静まる3秒間。
　沈黙を打ち破ったのは1人の男子。

「オメーら帰んぞ！　1人残らず今すぐこっから出ろ！」
　それを合図に勢いよく退散していく。
　ドタバタと慌ただしい足音を立てて、10秒と経たないうちに、教室はもぬけの殻。
　その様子を唖然と眺めていたミカちゃんも、しまいには謎のピースを残して出ていってしまった。
　教室の隅に、中島くんと私、2人だけ。
「みんな、いなくなっちゃったんだけど……？」
「そうだな」
「そうだなって……ひゃあっ」
　引っぱっていたカバンをさらに強く引っぱって、私の体を自分のすぐ手前の位置に移動させた中島くん。
「荷物下ろしなよ」
　下ろす？　帰らないの？
　やや威圧的に言われたので逆らうことはしない。
　おとなしくカバンをフックにかけて、中島くんと向き合った。
　私が見上げると、視線をずらして、戻して、またずらす。
　机を椅子代わりにして腰かけた中島くんは、はあ、と気だるげなため息を落とした。
「まさか今から生徒会の仕事あるとか言わないよな？」
「え……うん。ないけど」
　会計報告の資料作成も無事終わって、しばらくは集まることもないって遼くんが言ってた。
「じゃあ……途中で電話かかってきても行くなよ」

「電話？　呼び出されることは、たぶんないと思うけど」
「ないと思う、じゃなくて。仮にかかってきても断れよって話」
「え……」
　何、勝手なこと言ってるのって口を開きかけたけど、黒い瞳がじっと見据えてくるから「うん」とうなずくしか道はなくて。
「本当に？」
　やわらかそうな黒髪が揺れる。
　ふと私のほっぺたあたりに指先が伸びてきた。
「約束……だからな」
　ギリギリ触れない距離を保って、ゆっくりと輪郭をなぞるように下りていく。
　丁寧に、じっくり焦らすように。
　すると、決して触れることはない指先に妙なもどかしさを覚え始めて。
「っ、ちょっと、なんなの……」
　顎を引いて逃れた。
　いつも乱暴に腕をつかんでくるくせに、と思う。
　触るなら遠慮なくベタベタ触ってくれたほうが気が楽だし、触る気がないなら初めから一定の距離を取っていてほしい。
　こういうのも、わかっててやってるのかもしれない。
　反応を予想して面白がってる。
　考えるとそれ以外ありえないって思えてきた。

「からかいたいだけなら、私帰るけど」
　一歩退く。
「俺もびっくりしてんだって」
「……なに？」
　意味の繋がらない返事が来て、眉をひそめた。
「とくに用もないのに一緒にいたいって、おかしいだろ」
「なんの話？」
「……コーラ飲む？」
　まるで噛み合わない会話。
　ついていけずに固まっていると、机からひょいと下りた中島くんは、ロッカーのほうに歩き出し。
「ほら、コレ保冷バッグ。徹底してるだろ……コーラは冷えたのが美味しーの」
　自分のロッカーではなく、誰のものでもない空いているスペースに入れ込まれていた銀色のバッグ。
　お昼休みに見た大量のコーラたちは、ここに収納されていたらしい。
　まさか学校に保冷バッグを持ってくる人がいるなんて。
　部活用とかならまだわかるけど、コーラの冷たさを保つためだけに。
「なかなかユニークなことするんだね」
「好きなんだよ」
「えっ？」
「好きなんだよ、コーラ」
　ああ、うん。

コーラが好きなんだよね、知ってる。
唐突（とうとつ）な『好き』になぜかうまく反応できなかった。
「1本やる。一緒に飲も」
今回の『一緒に飲も』は、1つを半分こというわけじゃないらしい。
たくさんあるから、1本ずつ飲もうってこと。
プシュッとフタを開けた中島くんを横目で見ると、すごく嬉しそう。
一口流し込むと、「うまっ」って笑う。
コーラを持った中島くんは、すごく無邪気（むじゃき）で、少し幼く見えた。
唯一、作りものじゃないなってわかる瞬間。
「私も、いただきます」
ゴクッと一口。
甘い香りが広がって、炭酸が喉（のど）を刺激（しげき）する。
スーッと抜けるような爽快感（そうかいかん）があって、口の中に甘さがしつこく残らない。
「……ん、美味しい」
そう言うと、人懐っこい笑顔が返ってきた。
「たまにはいいでしょ」
雰囲気と一緒に口調もやわらかくなってる気がする。
優等生モードとはまた違う、くだけた感じ。
今の中島くんは、何もかもが自然に見えた。
本当の中島くんって、コーラ飲んでるときに現れるんじゃないかって、そんなことを考えながら再び飲み口に唇

を近づける。
　私が3分の1ほど飲んだときには、中島くんはもうペットボトルを空にしていた。
　手元を見つめ、物足りなさそうな顔をしている。
　私はいっきに1本飲むのは苦しかったから、ひとまずそこでキャップを閉めて机の上に置いた。
「もう飲まねえの」
「うん。あとは帰ってから飲もうかなって」
「んなことしたら、炭酸抜ける」
「……でも、いっきには入らないもん」
　すると、私のコーラをチラリと見た中島くんが手を伸ばしてきて、飲みかけのペットボトルをつかみ上げた。
「今日はもらいすぎたし、上月には新しいのやるから」
　なんて言ったかと思えばキャップを開けて、そのまま口元へ──。
　えっ。
　斜めになったペットボトル。
　半透明の、限りなく黒に近い茶色の液体がみるみるうちに減っていく。
　最後まで口を離すことなく残りの3分の2を飲み干した中島くんは、満足そうに笑って上唇をぺろりと舐めた。
「……はあ。やみつき」
　吐息混じりの低い声で囁いた目の前の人物は、ただコーラを飲んだだけなのに謎の色気を放っていた。
　しわのない白シャツを上のボタンまでしっかり留めて。

髪も染めず、ピアスもあけず、上履きのかかとを踏みつけることもせず。
　優等生を絵に描いたような模範の身なりをしているのに、少しも堅苦しく見えないのはなんでだろう。
　……って、そうじゃなくて。
　今中島くんが飲んだの、私のコーラじゃん。
　この前もそうだったけど、こういうの気にしない人なのかな？
「……間接キス」
　ぼそっとつぶやいてみれば、キャップを閉めた中島くんがゆっくりと視線をこちらによこして。
「俺だけならいいでしょ」
「俺だけ？」
「上月に、またこのコーラを飲めって言ってるわけじゃないし。……もうカラだけど」
　つまり、中島くんは私のものに口をつけたけど、私が中島くんのものに口をつけたわけじゃないから……と言いたいわけだ。
　なんだか生々しい話だけど、そういうこと。
「私も、あんまり気にはしないけど……」
「なに？」
「あっ、気にしないというか……中島くんなら別にいいかなって」
　もちろん誰でもいいってわけじゃない。
　１つのものを大勢で飲み回したりするのは苦手だけど、

ミカちゃんみたいな気心知れた友だちと半分にする、とかだったら大丈夫。
　中島くんが気心知れた仲かと聞かれれば違うけど、なんていうか、嫌じゃないと思ったから。
「……それどういう意味」
　少し顔を近づけ、低いトーンで聞いてくる。
「え？　……言葉のままの意味だけど」
「そうじゃなくて。どう解釈したらいいんだって話」
　だから、解釈するも何も、中島くんなら気にならないって、それだけの話なのに。
「それ、無理やりキスしてきた相手に言うセリフかよ」
「……あ」
　言われて思い出した。
　私この人にキスされたんだった。
　しかも……2回も。
「……キスのことは、許してない」
「……」
　少し黙ったかと思えば、急にほっぺたをぎゅっとつねってきた。
　さっきはギリギリの距離を保ってたくせに、今度は容赦なく触ってくる。
「いひゃい」
　抵抗しようとして手を伸ばしたら、反対の手で動きを制された。
　けっこう強い力。

私の両手首を片手でいとも簡単に拘束(こうそく)するんだもん。
　手のひらの大きさも指の長さも全然違う。
「りょーくんとは同じもの飲めんの？」
　ほっぺたをつねったまま聞いてくる。
　何その質問。
　しかもこの状態で答えろって、発音、おかしいことになっちゃうんだけど。
　口を無理に開こうとせず、首だけ横に振った。
　すると、つまんでいた指先の力が弱まって、解放される。
「飲めないの？」
「だって、緊張する。……無理だよ」
「……あー」
　微妙(びみょう)に視線をずらしながら、そんな返事。
　自分で聞いておいて反応薄いってダメじゃない？
　私もなかなか、恥ずかしいこと言った自覚はあるけど。
「だってそうだよ。好きな人と、とか、顔赤くなるし、バレる……」
　ほっぺたは解放されたけど、手首はまだだった。
　容赦なくギリギリとつかんでくる。
　冗談にしてはけっこう痛い。
　力加減ってもの知らないのかな。
「中島くんは女の子に慣れてるだろうし、大したことじゃないんだろうけどね、私は――」
　最後まで言い終わらないうちに、つかまれていた手首が、突然手前に引っぱられた。

甘い香り。
　コーラじゃない、中島くんの匂い。
　煙草吸ってるくせに、なんでこんなに甘い匂いがするんだろうって思う。
「もういい」
「えっ？」
「その話もういいから」
「中島くんが聞いてきたんじゃん」
「上月がバカ正直に答えるからだろ。中身が恥ずかしすぎて聞いてらんねぇー……」
　なんて失礼な！と言うつもりで顔を上げた。
　……でも。
　思わず息を止めたのは、綺麗な顔が予想よりもはるかに近い位置にあったから。
「……そのうるせぇ口、塞いでやりたい」
　あまりにも低く、冷たく響くから、思わず背中がゾクッとした。
　いきなり北極圏(けん)にワープしちゃったんじゃないかってくらい。
　黒い瞳に囚(とら)われる。
　近すぎて、ほんとにキスされるんじゃないかと戸惑う。
　心臓が警報のように早鐘を打ち始める。
　ふと目を伏せた中島くん。
　長いまつげが影を落とすと、とたんに表情が憂いを帯びて見えるから不思議。

再び視線が絡んだときには、もう冷たさは残ってなくて。
　　　ねだるように見上げてくる瞳は、どこか熱っぽい──。
「上月」
「……なに？」
「ダメ？」
「なに……が」
　わかってるくせに、とでも言うように、人差し指を私の唇にそっと当ててくる。
　どうして、いつの間にこんな流れに……。
　私、油断してた？
「……ダメだよ」
「断わんないで」
　言ってることめちゃくちゃだ。
　これだから慣れてる男子って嫌だ。
　人をからかって何が楽しいの。
「中島くん、まさかコーラで酔ってる？」
　この甘ったるい雰囲気を壊すつもりで、あえて冗談っぽく明るい声を出した。
「酔ってるよ」
　中島くんの腕が、私の首の後ろに回る。
「でも、俺が酔ってんのは上月にだけ」
　背中にある手がきゅっと締まり、体がさらに引き寄せられて。
　私が顔を引いて唇を避けると中島くんは諦めたのか、肩の上におでこを乗せてきた。

ゼロ距離。密着状態。

脱力したようにうなだれて体重を預けてくるから、受け身だったはずが、必然的に私も腕を回して支える構えになってしまう。

これ、保健室で甘えてきたときの感じに似てる。
「ちょっ、重いんだけど……」

そんな声も無視で、さらに体重をかけてくる中島くん。

男子の全体重を支えるほどの力は持っていないので、私の足は自然に後ろへと流れる。

4歩くらい下がると、背中が後ろの壁に激突した。
「離れてよ」

女の子なら誰だって甘やかしてくれると思ったら大間違いだよ。

異性にちやほやされて生きてきたから知らないだろうけど、誰彼構わず抱きつくなんて、普通にセクハラだからね。

勉強はできるくせに、そんなこともわからないの？

私が教えてあげないとダメなの？

好きな人がいる女の子にこんなことしちゃダメなんだって……。

だから私も、拒否しないといけないんだ。
「ねえ、中島くん……ってば」

壁のおかげで私の体はこれ以上後ろに下がることはないから、あとは両手で胸を押し返すだけ。

ところがびくともしない。
「離れてって。女関係だらしないといつか痛い目見るよ」

「誰がだらしないって？」
「中島くんしかいないじゃん」
「冗談だろ」
　すっとぼけてみせてもダメなんだから。
　私ちゃんと聞いて、知ってるもん。
　風邪ひいたら看病してくれる女の子がいっぱいいるんだもんね。
　テキトウに引っかけてるってことは誰でもいいってことでしょ。
「俺にべったりされてると、はのんちゃんが都合悪いってだけだろ」
「なに？」
「勘違いされたくないもんな？　りょーくんに」
「っ、今はそういうこと言ってるわけじゃ……」
　ことあるごとに遼くんの名前を出してくるのは反則だ。
　相手はこれで弱みを握っていると思っていて。
　実際にペースを乱されてるから、これじゃあ、ますます有利な立場に誘導してしまうだけ。
「ほら。あいつの名前出すとすぐ赤くなるだろ……」
　嘘。
　そんなにわかりやすいの？
　たしかに顔がいっきに熱くなったのは事実。
　見られたくなくて、よりいっそう顔を背けた。
「私が不都合とかじゃなくて、こういうことするの、おかしいから。……付き合ってもないのに」

「付き合えばできるんだ？」
「えっ？」
「上月と付き合えば、いくらでも手出していいの？」
「……は」
　すると、また肩に顔をうずめてきた。
「やっぱいい。こんなお堅い女、こっちから願い下げだわ」
　どこまでも失礼なことを言うこの男。
「女は手軽なのがちょーどいい」
　綺麗な顔して、最低なことをほいほい口にする。
　全女子を敵に回す発言。
「お堅くて悪かったですね！　離れてよ！」
　正直、中島くんの口が悪いと助かる。
　こっちも同じ勢いで反抗できるから。
「んー……でも、あと10……30秒くらいはこうしてたいかも。ねえ、上月。なんでだと思う」
　すぐさま甘え口調に切り替えた中島くん。
　よくもまあこんなに態度を変えられるものだと思わず感心する。
「まだ熱、下がってないんじゃない」
　そっけなく返すと「……そうかもね」と、綺麗な黒目が細められた。

不機嫌

　金曜日。
　お昼休みに、生徒会役員が急遽(きゅうきょ)職員室に呼び出された。
　何事かと思って行ってみれば、今年の文化祭についての話らしく。
「一般公開を中止するということですね。わかりました」
　気難しい顔をしている先生に、遼くんが冷静に返した。
　どうやら去年、一部の学生が暴力沙汰(ざた)を起こして問題になったため、今年の文化祭は一般の立ち入りを制限するということらしい。
「それともう1つ。今年の文化祭からは、文化委員じゃなく、生徒会に運営を頼みたい」
　遼くんはとくに表情を変えることなくうなずき、最後に私を含むメンバーを見渡して無言の同意を得ると、「失礼します」と頭を下げた。
　職員室を出ると、メンバーが各々(おのおの)口を開く。
「ったく。俺たちの仕事増やすなっての」
「けど一般公開廃止(はいし)されてよかったわ。揉(も)めごとは全部、生徒会の責任になっからよ」
　生徒会のメンバーは計6名。
　私以外、全員男子。
　学校に女子がほとんどいないことを考えると、別におかしい話じゃない。

そもそも生徒会選挙なるものがないのだ、この西高には。
　教務主任が会長に遼くんを推薦して、その他のメンバーは遼くんの指名で自由に選ばれた。
　つまり西高の生徒会は、遼くんと、遼くんの友だち、そして1人ぐらい女子がいたほうがいいという先生の助言から、遼くんの幼なじみである私……という選出でできあがっていた。
　人数が少ないわりに仕事もちゃんとこなすので、一目置かれる存在になっている……らしい。
「つーか。結局は文化祭を穏便に過ごせるようにしたいって話だろ。つまり俺たちは見回り担当ってわけだ」
「だな」
「けど表向きは運営に回らなきゃいけねぇわけだろ。人足りなくね」
「せめて遼があと1人いればな……」
　みんなでうなりながら廊下を歩く。
　すると、ふいに振り向いた副会長と目が合って、声をかけられた。
「そういや上月ちゃん、あいつとクラス同じじゃなかった？」
「あいつ？」
「中島琉生」
　まさかその名前が出てくるとは思ってなかった。
「う、うん。同じクラスだけど」
　うなずくと、みんなは歩くペースをゆるめて私の周りを取り囲んだ。

「生徒会に誘ってみてくんね？」
「中島くんを？」
「そー」
「……う……ん」
　あいまいな返事をしてしまった。
「中島って不良束ねてるだろ」
「なのに本人は模範的な優等生ってね」
「ルール破ったヤツは裏でそーとーボコられるって聞いたことあるけど」
「なんだそれ。こえー。けどそれで生徒が言うこと聞くならこっちも助かるわ」
　どこまで本当かわからない話を、流し聞きして考える。
　中島くんを生徒会に。
　入ってくれるかはともかく、かなり心配な要素がある。
　中島くんは、私が遼くんのことを好きだって知ってる。
　いつバラされるか気が気じゃないし、遼くんに、私と中島くんは仲がいいって思われても困る。
　文化祭を穏やかなものにするためとはいえ、私としてはあまり入ってほしくないのがホンネ。
　ここで遼くんが拒否してくれれば、誘わなくてすむんだろうけど……。
「なあ遼、どう思う？」
　副会長が遼くんに意見を求めた。
　チラリと私を見て、考える仕草をする。
　お願い、中島くんは必要ないって言って……。

目で訴えたけど、どうやら伝わらなかったらしい。
「いいんじゃない」
「おし、決まりだな。上月ちゃん頼んだ」
　肩をポン、と叩かれる。
　満場一致(いっち)の意見に私が入る隙は１ミリもないから、しょうがなく「わかった」と返事をした。
　それぞれの教室に戻る際、遼くんの袖をそっとつかんで聞いてみた。
「遼くんは本当にいいの？　中島くんを生徒会にって……」
　すると、いつもと変わらない優しい笑顔が返ってきて。
「中島みたいな存在は、生徒会としてはかなり助かるから」
「……そっか」
「それに、早めにわからせておきたいなって」
「わからせる？」
　聞き返したのに、聞こえなかったのか何も答えてはくれず、「じゃあまた」と自分の教室に入ってしまった。
　忙しいから私に構っている暇もないのかもしれない。
　仕方がないから、私も教室に戻ることにする。
　戸を開けると案の定、中島くんの周りには人壁ができていた。
　しまったと思う。
　お弁当箱だけでも、別のところに移動させておけばよかった。
　そんな後悔をしながら自分の席に近づく。
　ワイワイガヤガヤ、今日も盛り上がってる様子。

私の机も完全に男子の陣地と化していた。
　群れの中に浦本くんを見つけたから、そっと肩を叩いてみる。
「あの……ちょっとお弁当を取りたいん──」
「うおおっ上月さん！」
　必要以上に大きな声で反応されてみんなの注目をいっきに浴びた。
　ひいい、と縮こまる。
　するとなぜか男子が、ササササッと周りから引いていって。
「し、失礼しました！」
「俺たちは出ていくのであとはごゆっくり」
「おいオメーら中庭行くぞ！」
　まるで私を除け者にするように距離を取って、一目散に教室から出ていってしまう。
　何事!?
　唖然とする私。
　おかしそうにククククッと笑ってみせる中島くん。
　あっという間に２人きり。
「お帰り、上月」
「あ、うん……ただいま」
　なんだかご機嫌な笑顔で声をかけてきた中島くんは、今日も今日とてコーラを飲んでいた。
　ひとまず自分の席につく。
「弁当今から？」
「うん」

「友だちと一緒じゃなかったの」
「ミカちゃん、今日は彼氏と食べるって。……私は、生徒会で呼び出されてたから」
　答えると、ふーんと大して興味なさそうな相づちが返ってきた。
　ちょうど生徒会の話になったから、誘うならたぶん今。
「中島くんあのね——」
「生徒会ってさ」
　声が重なった。
　一瞬シンとなり、お互いすぐに「なに？」と聞き返す。
「俺はあとでいい。で、なに」
　コーラのキャップを閉めて椅子を引き、体ごとこちらを向く中島くん。
「あの、生徒会入らない？」
「……は？」
「文化祭の運営を今年から生徒会がやることになって、それで人が足りなくて」
「なんで俺？」
　じっと目を見つめてくる。
　なんでって……。
　中島くんに至った流れを正確に説明すると、文化祭のときに生徒が騒ぎを起こさないように仕切ってほしいからってことなんだけど。
「副会長が中島くんを推してきたから」
　説明すると長くなりそうなので少し省いた。

そしたら。
「あっそ」
　そっけなくひと言返されて。
　もうこれ以上聞く気がないと言うように、ふいっと視線を逸らされる。
「あっそ、じゃなくて……。その、どうですか？」
「……」
「返事してよ」
「……」
　私の言葉をまるで無視して、再びコーラを飲み始めた。
「ねぇったら──」
「上月が俺を誘ってるわけじゃないんだろ。だったら断る」
「……えっ？」
　こうして今、生徒会に誘ってるのは私なんだけど？
　眉をひそめて相手を見る。
「可愛くおねだりするなら、考えてやってもいいけど」
　中島くんの口角が意地悪く上がった。
　可愛くおねだり？
　どうしていっつも上から目線なの？
「可愛くって、たとえば？」
「３回まわってワンとか」
「それ可愛いの？」
「さあ。けど俺は従順な子が好きなんだよ。はのんちゃんみたいな意地っ張りは、しつけたくなる」
　それ、遠回しに可愛くないって言ってる。

「私に中島くんの理想押し付けられても無理だよ……こなせない」
「引いた？」
「うん」
「冗談だよ」
　冗談なの？
　3回まわってワン、は冗談だとしても従順な子が好きっていうのは嘘じゃなさそう。
　案外、甘えたがりだもんね、中島くん。
　言うこと聞いてくれる女の子が好きだよね。
「じゃーキスしてくれたら入る」
「はあ？」
「上月から求められたいな〜」
「冗談は1回でいいよ」
　真面目に受け答えしていたのがバカらしくなってくる。
「冗談じゃないんだけど」
　そう言って笑ってる顔が冗談っぽい。
　付き合ってられないと顔を背け、お弁当を広げた。
「……可愛くねぇー」
　隣から聞こえる低い声は無視……しようと思ったのに。
　伸びてきた手がほっぺたをつねるから、反応せずにはいられなくて。
「触んないで」
　お箸を持っていないほうの手で払いのける。
「食べれないじゃん」

「話の途中なのに食べ始めんなよ」
「途中じゃないよ。もう終わったもん、話すことはない」
「はあ……。マジで可愛くねぇー女」
　そんなに気に食わないなら話しかけないでいいのに。
「そこまでして中島くんに入ってもらいたいって思ってないから」
　可愛くない自覚はあるけど、やっぱり女として、"可愛くない"なんて言われたらプライドが傷ついてしまうもの。
　わざわざ2回も"可愛くない"って言った中島くんに憎しみの気持ちを込めて言った。
　すると。
　ガタッと急に立ち上がったかと思えば。
「え……どこ行くの」
「捨てに」
「なに？」
「コーラ飲み終わったからボトル捨てに行く」
　そっけなく答えると教室を出ていってしまった。
　広い教室にぽつんと1人取り残される。
　放課後ならまだわかるけど、お昼休みにこんな状況ってめったにない。
　他のクラスからは、やたらめったら騒いでる声が聞こえてくるのに、私のいる空間だけ静かなのって不思議な気分。
　寂し……くはないけど。
　せめて誰か、そばにいてほしい。
　そぼろご飯と同じくらい大好きなゆかりご飯を口に運ん

でも、なんだかいつもより味気ない気がした。
　中島くんのことを考える。
　今、ちょっと怒ってるように見えた。
　そこまでして入ってほしくないって、言い方がきつかったかな……。
　振り返ってみるけど、そんなことをいちいち気にするような人じゃないと思うし。
　冗談に付き合ってあげなかったから拗ねてるのかな、とテキトウに結論づけた。
　それから遼くんのことが頭に浮かんだ。
　いつもきつそうな顔一つせず、生徒会の仕事を完璧こなしてる。
　それなのに勉強も怠らない。
　いつも優しい笑顔で、みんなのこと気づかって……。
　あれ？　ほんとは、無理してたりするんじゃない？
　遼くんは昔から努力家で、疲れなんて周りに気づかせない振る舞いをする人だった。
　そこまで考えて、ふっと思い直す。
　さっきは自分の感情だけで話を終わらせてしまったけど、遼くんの負担を少しでも減らすためには、やっぱり中島くんに生徒会に入ってもらうしかないんじゃないか。
　気づけば手が止まっていた。

「箸進んでねぇじゃん」
　そう声をかけられるまで、中島くんが戻ってきたことに

も気づかなかった。
「う……」
　お弁当をのぞき込む中島くんをちらっと見上げる。
「気分悪いのか？」
「えっ？」
「食欲ないんだろ」
「や……そうじゃ、ないんだけど」
　怒っていたかと思えば、本気で心配そうな顔を向けてくるから、やっぱりつかめない人だと思う。
「……やっぱり、中島くんに入ってほしい……かも」
　なるだけ慎重に言葉を選ぶ。
　さっきもういいって言ったくせに、なんだよと思われても仕方ない。
「急にどうしたんだよ」
「入ってほしいって、私が思った。ちゃんと」
「……ああ、そう」
　短い返事。
　とくになんの感情も見せずに目を伏せる中島くんは、何を考えてるのかわからない。
「可愛くおねだりはできないけど」
「……」
「キスとかももちろん無理だけど。あっ、それは冗談だってわかってるけど……他に何かしてほしいことあれば聞くから」
「……」

10秒ほどの沈黙ののち。
「タチ悪」
　なぜか舌打ちが返ってきた。
　そして――。
「上月、立って」
　そのまま腕を引き上げられる。
「……10秒」
　耳元でそう言われて、なんのこと？と思えば、背中に中島くんの両腕が回った。
　自分で"マジで可愛くねぇー女"って言っといて、なんでこんなことするんだろう。
　常に人肌を感じてないと落ち着かない……とか？
　冷静に考えてみるけど、こういうことに慣れていない私の心臓は少なからず速まっている。
「さっきのちょっと嘘で。遼くんのため、なんだ」
　何か言葉を発して気を紛らわそうと思ったら、よけいなセリフが出てきてしまう。
　怒られるかな、と思ったけど――。
「……それでいい」
　返ってきたのは、そんなひと言だった。
「いいよ。上月と一緒にいられるなら、入ってあげる」

　6限目が終わると、今後の活動について話し合うということで臨時に生徒会の招集がかかった。
　帰り際、中島くんに一緒に来ないか声をかけたけど、用

事があるからと断られた。
「どうせ友だちと遊ぶんでしょ」
「そうじゃないって言ったら？」
「そうじゃないって？」
「たとえば……、女と会うとか」
「へえ、そうなんだ。楽しんでね」
　入ったばっかりの人に、いきなり集まりに来なさい、なんて強要するつもりはない。
　まだ私が誘った段階だから、正式に役員になったというわけでもないし。
「冗談だって。嘘だから。女じゃねぇーから」
「どっちでもいいよ。でも来週からは参加してもらうことになると思うし、放課後はなるべく空けといてほしい」
「もうちょい興味示してよ」
「なんて？」
「……もういい。早く行け」
　盛大なため息。
　何その態度って思ったけど、スマホを見ると集合時刻まで５分を切っていたから何も言わず教室をあとにした。
　中島くんは機嫌がコロコロ変わるし、人格も変わるし、何考えてるかわからないし、一緒にいるとけっこう疲れる。
　急にヘンに優しくなったりとか、真面目な顔つきになったりだとか、甘えモードになったりだとか。
　そういうのは落ち着かない。
「上月」

突然、背後から声が飛んできた。

中島くんのことばかり考えていたから、幻聴かと思ったけど、振り向いてみたらたしかに"彼"はそこに立っていた。

集合時間に遅れそうなことも忘れて立ち止まる。

ついさっき「早く行けよ」と私を追い出した人が、どうしてこんなところにいるんだろう。

「話し合いって何時まであんの」

私に歩み寄る中島くん。

「わかんない。でも文化祭についてだから、けっこう長くかかるかも……」

「終わったら1人で帰るのか」

「えっ? うーん……」

質問の意図がわからないまま考える。

ミカちゃんは放課後、彼氏と会うんだったかバイトだったかで、私より先に帰ってしまった。

だけど、生徒会の仕事のあとは、たいてい――。

「遼くんと一緒に帰る、かも。……えっと、幼なじみだし、家が近いから」

「……」

そう答えたあとに、今日が金曜日であることに気づいた。

遼くんは週1で超有名どころの進学塾に通ってる。

「あっ、でも――。今日は遼くんと帰る方向が別の日なんだよね。……だから、1人かな」

できれば一緒に帰りたかったけど……。

「俺、用事断る」
「えっ？」
「教室で待ってるから、終わったら来て」
　それだけ言うと背中を向けて戻っていってしまう。
　後ろ姿をポカンと見つめた。
　生徒会にも来ないのに用事を断るの？
　それって中島くん、何もすることがないんじゃ……。
　もしかして、もしかしてだけど、私の帰りが遅くなるのを心配してくれてる？
　この前、私が不良に絡まれたから、1人にしないようにしてくれてる……のかな。
　中島くんに限って…とは思うけど。
　本当にそうだとしたら、恩を売っておくためだとしても、嬉しいなと思ってみたり。
　陽が落ちた帰り道は、わけもなく寂しくなるものだから。
　ハッとして再びスマホを見ると、もう集合時間を過ぎてしまっていた。
　生徒会室まで全力で駆け足。
　遅れたことを謝りながら戸を開けて、端っこの席に腰を下ろす。
　ふと、隣を見てびっくりした。そこに座っていたのは、生徒会メンバーじゃない男子だったから。
　スマホを横向きにして、何やらゲームをしている様子。
　誰だろう……と思って遠慮がちに見つめていたら、視線に気づいたのか相手が顔を上げる。

私を見て「どーも」と軽く笑ったかと思えば。
「あんたもしかして、中島が話してた女か」
　と、ひそめた声で話しかけてきた。
　『話してた女』……？
「あいつをぶっ叩く女がいるとは驚いたな」
　ニヤリと笑われて顔が熱くなる。
　中島くん、まさかあの出来事を誰かに話してたなんて。
　しかも人を暴力女みたいに。
　元はといえば中島くんが悪いのに。
「ぶっ叩くなんて……そんな乱暴なことは……」
　ほっぺたを叩いたのは事実だけど、拳で殴ったわけでもないし、ケガをさせたわけでもない。
　今日初めて顔を合わせた人との初会話がこれだなんて。やっぱり中島くんと関わるといいことないな。
「中島くんの友だち？……なんですか？」
　『あいつ』と呼ぶくらいだから、仲がいいのかもしれないと思って聞いてみる。
「友だちじゃねぇーなあ。……仲間？」
「仲間……」
　この前の中島くんとの会話を思い出した。
「"ゾク"の仲間ってこと……？」
「なんだ、知ってんだね」
　意外だ、という顔を向けられた。
　この人はもしかして、中島くんの口の悪さとか煙草のこととかも知ってるのかな。

なんだか知りたくなって、さりげなく話題を広げようと試みたけど、遼くんが「始めようか」と話を切り出したので諦めた。
　この人は文化委員の灰田くんというらしい。
　去年の文化祭の運営やら設営やらを引き継ぐために来てもらったと、遼くんがみんなに説明した。

　引き継ぎは案外大変で、情報を書き漏らさないようにと必死にメモを取り続けていると、あっという間に1時間ほど過ぎてしまった。
　それから、文化祭までのスケジュールを組んだり、クラスの出し物やステージの有志パフォーマンスについての規則や変更点を確認したり。
　チラチラとスマホの時計を確認しながら、これ、終わるのかなって心配になってきた。
　私は用事もないし遅くなっても構わないけど、教室で中島くんを待たせていると思うと申し訳ない。
　そんな中、遼くんが塾に間に合わないからと、非常に申し訳なさそうな顔をして席を立った。
　「あとは任せた」ってみんなに言ったあと、「気をつけて帰りなよ」と私にそっと囁いて生徒会室を出ていった。

帰り道

　結局、終わったのは夜の8時。
　外はもうすっかり真っ暗になっている。
　みんな、お疲れモードでそそくさと帰っていく。
　気づけば生徒会室には灰田くんと私だけになっていた。
「お疲れ様」と小さく声をかけると、同じように返される。
「上月さんのクラス、電気ついてんね」
　視線をたどると、窓からクラス棟の明かりが見えた。
　それだけ言うと、ニヤリと笑ってくるりと私に背を向けた灰田くん。
　その笑顔が何を意味しているのか気になったけど、待たせているという焦りが勝って、そのまま生徒会室をあとにした。
　明かりがついてるということは、中島くんはまだ教室にいるということ。
　自然と足が速まっていく。
　話し合いの途中で、遅くなるから先に帰っていいいって、連絡を入れられたらよかったけど、あいにく私は中島くんの連絡先を知らなかった。
　気づけば走り出していて、教室の戸に手をかける頃にはハァハァと息が乱れていた。
　閉まっている戸を勢いよくスライドさせる。
「……うるさ。もっと静かに開けろって」

言葉とは裏腹な優しい口調。
　ずいぶん長い間待たせていたから不機嫌モードを予想してたのに、雰囲気がやわらかい上に自然な笑顔で笑いかけてくるから、ホッとすると同時になんだか拍子抜けしてしまう。
「やっぱ長引いたんだ。お疲れ」
　笑顔のままそう言われて、中島くんをじっと見ると違和感を覚えた。
　笑顔だからってだけじゃない。
　さらに見つめ続けて、ようやく正体に気づく。
　いつもは首元までしっかり留められているボタンが、上から２つ目まで開けられていた。
　やわらかそうな黒髪は無造作に乱されている。
　いつもピンと伸びた姿勢をゆるく崩して腕を首の後ろで組み、長い脚を投げ出していた。
　なんか不思議な感じ。
　優等生の中島くんはここにはいない。
　やんちゃな男の子って感じがする。
　かといって荒々しい雰囲気もなく、実際、かけてくれたのは労りのセリフ。
「遅くなってごめん」
「いーよ。てか、待つって言ったの俺だし」
　近づくと、机の上には学校指定のものじゃない数学の参考書が広げられていた。
「勉強してたの？」

「うん」
「それ難しそう」
「まあ国公立の過去問だし。けどもう２周したし、新しいのほしーな」
　そう言って組んでた手を上に伸ばすと「疲れた」……って、やけに色っぽい笑顔を向けてくる。
「上月、癒やして？」
「は……」
「大丈夫。誰もいない」
　このねだるようなあざとい表情を、私はつい最近見たことがある。
　たぶんこの男、母性のくすぐり方を知り尽くしてる。
　ほっぺたあたりに伸びてきた手をやんわりと拒否した。
「ダメなの？」
「当たり前でしょ」
「減るもんじゃないよ」
「だからそういう軽いの……」
「嫌いなんだよな。知ってる」
　パッと私から離れると、真顔に戻り、何事もなかったかのように荷物を詰め込み始める。
　なんだか面白くなさそうに見えたから、機嫌を損ねてしまったのかもしれないと不安になった。
　でも、私のせいじゃないし。
　恋愛観の違いだし。
「モテるんだから、他の子に頼めばいいじゃん」

拒否しただけでいちいち不機嫌になるなんて、小学生じゃないんだからやめてほしい。
　私が悪いような気がしてくるんだもん。
「上月しかいないだろ」
「え？」
「……この学校。……女いねぇし」
「ちょっとはいるじゃん」
　そもそも中島くんは、西区の繁華街歩けば女の子がほいほい寄ってくるんでしょ？
　学校出てからでいいじゃん、イチャイチャするのは。
「やっぱ可愛くないよな、お前」
　荷物をまとめ終えた中島くんが見下ろしてくる。
「上月見てると、なんかムカついてくる」
「はっ？」
「顔が可愛くないのはわかってるけど、ムカつくって……。それはどうなの？」
「違うな」
「違う？」
「ムカつくのは、自分に対して……」
　ゆっくりと目を逸らしながら歩き始める。
　続きは帰りながらってことなのかな。
　そう思いながらあとに続いたけど、中島くんは何も言わないまま歩き続けて、階段を下りて。

　結局、お互い無言のまま昇降口（しょうこうぐち）まで着いてしまった。

電気は消えていた。
　玄関の外の屋根についてる蛍光灯(けいこうとう)だけがチカチカと頼りなく光ってる。
　錆びた靴箱(くつばこ)。
　開くとギイイッて耳障りな音がする。
　取り出したスニーカーを高い位置から落とした中島くんと、薄暗い中で目が合った。
「なあ」
　私はローファーにつま先を入れながら「なに？」と返事をする。
「はのんて処女？」
　……なんて？
　聞こえなかったわけじゃない。
　ただものすごく動揺して、心臓が早鐘を打って、中島くんの目を見つめたまま言葉が出なかった。
　思いのほか距離が近かったから、とりあえず離れようと足を引けば、グレーチングの穴にかかとが引っかかってよろけてしまう。
　中島くんが私の腕をつかんで自分のほうに強い力で引き寄せた。
「……危なっかしいな」
「っ、ごめん。ありがとう、ございます」
「動揺しすぎだろ」
「……う」
　よけいに近くなってしまった。

「今みたいな質問には軽く返しときゃいいんだよ」
　軽くってなに。
　どう考えても軽い気持ちで答えられる質問じゃないと思うんだけど。
「しょ、じょ……って言ったらバカにするんだ」
「しねぇーよ」
「じゃあ……違うって言ったら？」
　……ふと、中島くんなら"あのこと"を、受け止めてくれるんじゃないか。
　そんな気がして、なかば無意識に聞いてしまっていた。
　緊張のドキドキが加速する。
　だけど相手は答える気配がない。
　恥ずかしくなって『やっぱ今のナシ』って笑顔をつくりかけた。
「……ろす」
「えっ？」
　あまりに低い声だったから聞き取れなかった。
　なに？ともう一度聞き返そうとしたら、つかまれていた手が離されて——どこか寂しい気持ちが残った。
　寂しいというのは違うかもしれない。
　もどかしい。
　心のどこかで小さくくすぶっていた『誰かに話したい』という思いに火がついてしまったから。
　中島くんならあっさりと『そんなことか』って受け止めてくれそうだと一瞬でも思ってしまったから。

思わずシャツの裾を引っぱってしまったのは、たぶんそういう理由。
「……なに」
「なんでもない」
「なら、手離せよ」
「……っ、ごめん」
　拒否されたのは予想外だった。いつも、自分からベタベタ触ろうとするくせに。
　少し傷ついてる自分が、とても弱い人間に思えてきて悲しくなってきた。
　一度〝あのこと〟を思い出してしまうと、どうも心が脆くなる。
　誰かにすがりたくなる。
　誰かに甘えたくなってしまう。
　でも私は、中島くんの言うとおり、可愛くない女だから。
「なんですぐ不機嫌になるの」
　なんて、トゲのある声が出てきてしまう。
「都合のいいときに甘えてきて、機嫌が悪くなると相手を拒むって自分勝手すぎ」
「……なんだよいきなり」
　わかってる。
　これは八つ当たり。
　自分から『聞いて』とも言ってないのに耳を傾けてほしいなんて。
　ちょっと拒まれたくらいで悲しくなって、自分勝手だっ

て相手を罵る。
　私のほうがよっぽど子どもっぽい。
「別に機嫌悪いとか、ないだろ」
「すぐ怒るじゃん。今も」
「怒ってねぇ」
「怒ってる」
「……お前がわかってねぇからだろ」
　はあーっと深いため息を落とされて、なぜか泣きたくなった。
「わかってないって……なに？」
　うつむいて聞き返す。
　中島くんの影が足元にかかった。
「上月が、俺の……」
　先のセリフをなかなか言わない。
　どうせ悪口なら、焦らさなくていいんじゃないの。
　ふと指先が伸びてきた。
　そして私のほっぺたあたりに触れて、ぎゅっとつまむ。
　それからぐいっーと引っぱられた。
　……痛い！
　油断した！
「ぶっさいく」
「うるはい……」
　うう……っ。
　しゃべったらヘンな発音になるってわかってるのに反撃せずにはいられない。

「俺に弱み握られてんの忘れたのかよ。不機嫌でも上機嫌でもいいだろ、黙って言うこと聞いてろ。お前に口ごたえする権利ねぇーから」
「なっ……何様」
「上月は俺の下僕(げぼく)。逆らったら生徒会長が好きって全校生徒にバラす」

　中島くんが中島くんだってこと忘れてたかもしれない。

　さっき言いかけてたのって、『上月が俺の下僕だってわかってんだろ』って、たぶんそういうこと。

　なんて男だ…。

　悪魔再降臨。

　この人に話を聞いてほしいなんて、一瞬でも思った自分が信じられない。

「最低男。煙草なんて周りに害を及ぼすもの吸ってるくせに、偉そうにして」
「俺人前じゃ吸わねぇーよ」
「そういう問題じゃないし！　未成年なのにダメだし、体に悪いし、そもそも私、煙草吸う男の人とか絶対無理」
「え……」

　1人でさっさと歩き出した私のあとを、中島くんは慌てたように小走りで追いかけてくる。

　隣に並ぶと、顔をのぞき込んできて。

「絶対無理って何」
「はあ？　そのままの意味だけど」
「煙草吸ってる男とは結婚(けっこん)できないってこと？」

「ええ……まあ、うん」
　ずいぶん飛躍(ひやく)した例を持ち出すなあと思いながら、テキトウにうなずく。
　煙草はできるだけやめてほしい。
　だけど絶対無理とか、心の底から思ってるわけではなくて、たった今、中島くんに何か反撃できる言葉を探して出てきたセリフというだけ。
　煙草は優等生中島くんの唯一の弱みと言っていいものだから、利用できる限りは利用しないと、私の立場が守れなくなってしまう。
「あとは？」
「えっ？」
「最低条件」
「最低条件？」
　なんの話をしてるの？
「煙草ダメなら酒も？　無理？　ねえ、上月」
　さっきまでの偉そうな態度はどこにいったのか、顔色をうかがうみたいに遠慮がちな瞳で見つめてくる中島くん。
　だけど、逃すまいと絡めてくる腕はとても強引。
　早足で歩く私にしつこいくらいスピードを合わせてきて、正直うっとうしい。
「やっぱ優しい男がいい？　そんで金持ち？」
「なに急に……。結婚の話？」
「そう」
「なんで私にそんなこと聞くの？」

逆質問してみたら、急に黙り込んだ中島くん。

10歩くらい歩いたところでようやく「今後の参考に」と、低い声が返ってきた。

そういえば大学も、明確な志望先があるみたいだし。

結婚の話なんて私としてはまだ早いと感じてしまうけど、中島くんはだいぶ先のビジョンをつくっているのかもしれない。

この歳(とし)で将来について真剣に考える人ってあんまりいないと思うから、ここは素直に尊敬すべきだ。

「もしかして中島くん、好きな人いるの？」

偉そうな態度をわざわざ変えてまで聞いてくるということは、よっぽど知りたい事柄(ことがら)だったに違いない。

私なんかの意見が女子の代表として参考になるかどうかはわからないけど、真剣に考えているなら答えてあげなくちゃいけないかな……と。

「なんでそんなこと聞くわけ」

「え……だって、単純に気になるし」

「上月に関係ないよな」

「う……たしかにそうだけど」

関係ないから踏み込むなってこと？

この話題をつくったのは中島くんだと言えなくもないのに、まったく勝手すぎる。

なんて思っていたら、いつの間にか駅の下のトンネルまで来ていた。

「いる。宇宙一可愛いと思う女が」

直後、真上を電車が通りかかってトンネル内に轟音が鳴り響いた。
　通過するまでの数秒間は、何を言っても相手には聞こえない。
　……"宇宙一可愛い女"。
　"マジで可愛くねぇー女"と、まるで正反対の表現。
　わざわざ対義語を出してくるあたり、かなり意地悪だと思う。
　つまりお前とは正反対なんだって、真っ向から否定された気分。
　私だって、可愛くない自覚はあるけど、少しでも可愛くなりたいって思ってて。
　中島くんはそんな私の心を平気で傷つけてくる。
　どうせ何言っても私は傷つかない、と思ってるんだろう。
　でも実際そういう態度を取ってるから、仕方のない話。
　電車が通りすぎて静けさが戻る。
　私たちは駅のホームに続く階段を無言で上った。

　私が何も言わなかったからか、それとも、もともと送ってくれるつもりだったのかわからないけど、中島くんは駅のホームまでついてきてくれた。
「中島くん、家どのへん？」
　反対方向とかだったら申し訳ないなと思い聞いてみる。
「このへん」
「近いの？」

「近い」
　そういえばこの前、保健室で西区内に住んでいると言っていたことを思い出す。
　徒歩通学なのに、わざわざホームまで来てくれたなんて。
「あの、ありがとう。ここまで来てもらって、申し訳ないです……」
「別に。暗いし、危ないでしょ」
　あっさりとそう返事をした中島くん。その後、また沈黙がおとずれる。
　そういえば中島くん、ひとり暮らしってほんと？
　話を振ってみようかと思ったけど、ひとり暮らしって家庭によってさまざまな事情があるだろうし、軽率に聞いていいものじゃない気がしてやめた。
　それに、沈黙といっても中島くんはさっきからぼうっと立っているわけじゃなくて、何かを真剣に考え込むようにうつむいていて、話しかけられる空気じゃなかったというのもある。
　スマホを見ると、電車が来るまであと1分足らずの時刻になっていた。
　帰宅ラッシュの時間は過ぎているから、ホームにいる人はまばらで、先頭に並んでなくても十分に余裕を持って乗り込めるし、中で満員の乗客に押しつぶされる心配もない。
「もうすぐ電車来るから」って小さく声をかけて前に一歩出ると、中島くんは「ああ……」と顔を上げる。
「あの、駅まで送ってくれてありがとう」

そのつもりで放課後に残っててくれたんだと信じて、お礼を言った。
「気をつけて帰れよ」
「うん」
「じゃあ、また明日。……じゃないな、また月曜日」
　中島くんの口から"またな"といった類の言葉が出てくるのは、少し意外に感じた。
「うん。今日金曜だもんね」
「２日も会えないんだ」
　スッと指先が伸びてくる。
　キスを思い出してドキッとした。
「リボンほどけてる」
「……っあ、ほんとだ」
　身なりの乱れを指摘してくれただけだったらしい。
　中島くんが相手だといちいち過剰に反応してしまう。
　なんだか慣れた手つきでリボンを直してくれて、そしてそれは私が結んでいたリボンよりも綺麗に見えて、ちょっと微妙な気持ちになった。
　男子って、たいていリボンとかうまく結べなさそうなイメージだし。
　ほどけてるのに気づいたとしても、ここまで器用に結べる人ってなかなかいないと思う。
　それって女子の制服のリボンを、触り慣れてるからなのかな……。
　さすが女の子と遊んでる男は違うね、って心の中で皮肉

を言うと、それからすぐ電車が近づく音が聞こえてきた。
「この電車？」
　うなずく。
　背を向けようとしたら手首をつかまれた。
「上月。俺、煙草やめる」
「えっ」
「だからお前がこれ捨てて」
　握らされたのはライターと煙草の箱。
　突然渡されて戸惑ったけど、もう電車の扉が開いてしまったから返すこともできず。
「え？　あ……うん」
　とあいまいな返事をして背を向けた。
　乗り込む直前にもう一度後ろを見ると、中島くんはすでに階段を下りようとしていて。
　しばらく見つめたけど、姿が見えなくなるまで目が合うことはなかった。

ゼロ

『捨てて』と言われても、まだ使えるものをゴミ箱に入れるのはためらわれる。

煙草は間違っても私が吸うことはないけど、箱を開けてみたらまだ8本も残っていたから、なんとなく部屋の机の引き出しにしまった。

お母さんに見つかったら、なんて言われるかわからない。

私が吸うわけないって信じてくれるといいけど。

そしてライター。

これも、高校生が普通に生活していたら、めったに使うものじゃない。

中に入ってる液体みたいなものは残り少なくて、使用価値はほとんどないって判断できたけど。

捨てられなかったのは、パッケージにうさぎの可愛いキャラクターがデザインされていたから。

渡されたときは気づかなかった。

こんなに可愛いライターもあるんだって驚いた。

色も薄ピンク。

女の子にプレゼントしてもらったものかもしれない。

とにかく、同じデザインの文房具とかあったら絶対買うのにって思うくらい可愛くて。

……だから捨てられなかった。

とりあえずそれを言い訳にして、ライターも同じように

引き出しにしまった。
　そもそも、ライターはガスを抜いて不燃物で出さなきゃいけない決まりだったはず。
　私が知らなかったらどうするつもりだったんだろう。
　何度も心の中で毒を吐きながらも、気づいたら引き出しからうさぎのライターを取り出して、何度も見つめていた。

「──あのうさぎ、なんて名前のキャラクターなの？」
　月曜日が来て、昇降口に中島くんの姿を見つけた私は真っ先に駆け寄った。
　クラスの中心人物に自分から声をかけに走っていくなんて普段なら絶対しないけど、少し早い時間のせいか、中島くんの周りに誰もいなかったから。
　『あのうさぎ』だけで伝わったらしい中島くんは、パッと顔を輝かせて、もうちょっと雑な受け答えを想像してた私は予想外の笑顔に驚いてしまった。
「あれ可愛いよな。めっちゃ気に入ってる。俺の好きなデザイナーさんのキャラクター」
　なんだか嬉しそう。
　そんなにお気に入りのものなら『捨てて』なんて言わなきゃいいのに。
　中島くんの考えがちょっとわからない。
「あんな可愛いの捨てられないよ」
「ふーん。じゃあ、上月にあげたってことで」
　上履きを取り出しながらそう言った中島くん。

「ほんとに煙草やめるの?」
「やめる」
「いきなりやめられるもんなの?」
「……楽じゃない、けど、努力……だね」
　私も同じように靴箱を開いて中身を取り出した。
　このまま一緒に教室に行く流れ、だったはずだけど、私たちのあとから昇降口に入ってきた人物と目が合って足を止めた。
「遼くん、おはよう」
　私の声に反応して、中島くんも振り向いて遼くんを見た。
「あのね、一昨日にも連絡いれたとおり、中島くん、生徒会に入ってくれることになったんだ」
　一応事前にメッセージを送っておいたから遼くんもわかってはいると思うけど、顔を合わせるちょうどいい機会だと思って話しかける。
　遼くんは中島くんに微笑みかけた。
　だけど中島くんは、一歩引いた距離のまま近づこうとはしない。
　さっきまでの上機嫌さはどこかへ消え失せ、ニコリともしない静かな目で遼くんを見つめて「どーも」と低い声を出す。
　それはあからさまに怒ってますとでもいうような響きだった。
　いけない。
　どうしたことか優等生の仮面が剥がれかけてる。

私の前ではどんなモードの中島くんでも構わないけど、今は生徒会長の前なのに……。
　慌てて中島くんの腕をつかんでこちら側に引き寄せた。
「中島くんは低血圧だから朝は不機嫌そうに見えるだけで、本当はすごく真面目で勉強もできて、周りに気を配れるステキな人なんだよ」
　どうして私がこんなに取り繕った説明をしなきゃいけないのかと思いながら、中島くんの代わりに必死に笑ってみせた。
「ちゃんと話すのは初めてだよね。俺は堺井遼。……はのんとは幼なじみなんだ」
　遼くんはそう言って、私の肩をそっと抱いた。
　ドキンッと心臓が跳ね上がる。
「俺は４組の中島です。会長のことは１年のときから有名だったので知ってます」
　表情は相変わらずだけど、なんとか普通に会話をしてくれてホッとした。
「俺のこと前から知ってくれてたんだ」
「堺井総合病院の、院長の息子さんですよね。すごく頭がいいって聞いてたし……実際、全国模試でもかなり上のほうに名前が載ってるの、見たことありますよ」
　そう言いながら、一瞬だけ私に視線を流してきた。
「中島くんも有名だから、俺も知ってたよ。生徒会、人手が足りてなかったから本当に助かる」
「……そりゃ光栄です」

やっと少しだけ笑った中島くん。
そしてまた、私をチラリと見る。
「俺たち同い年だから敬語なんか使わなくていいよ」
「……ああ、ですね。じゃあ遠慮なく」
　次の瞬間、私の体は遼くんから引き離された。
　中島くんの手によって。
　あまりに乱暴だったからか肩が脱臼してしまうんじゃないかとヒヤッとした。
「上月にあんまりベタベタ触らないでよ。"遼くん"」
　バッと顔を上げると、そこには嘘みたいに明るい笑顔があった。
　頭の処理が追いつかないまま、唖然としていると。
「ああ、ごめん。ついクセで……ね、はのん」
　同意を求めるように遼くんに見下ろされて、どう反応していいか、よけいにわからなくなった。
「幼なじみだから距離とかないのかもしんないけど、上月だって女だから」
「わかってるよ。はのんのことは誰より知ってる。……付き合ってたから」
　予想もしてなかった遼くんの言葉に、尋常じゃないほど心拍数がいっきに上がって、体全体が熱くなった。
　なんで今それを言うの？
　逃げ出したい衝動に駆られる。
　中島くんの手の力がふとゆるんだ。
「……へぇ。キスが初めてじゃないって言ってたのはそー

いうこと」
　隙を見て抜け出した私を、細められた冷ややかな目が見下ろしてくる。
　だけど口元は薄く笑ったまま。
　中島くんのセリフを頭の中でくり返す。
　まずいと思った。
　キスが『初めてじゃない』。
　それは、その"次"がなければ出てこない言葉。
　気づかないで、と必死で祈(いの)る。
　でも賢い遼くんならきっとわかってしまう。
「やっぱり、はのんに手を出してたんだね」
　……案の定。
　遼くんはそう言って中島くんを再度見つめた。
　もう笑っていなかった。
「女遊びが激しいって噂で聞いてて、まさかとは思ったけど……」
　こんな穏やかじゃない遼くんは、久しぶりに見たかもしれない。
　声も低くて怒気をはらんでる。
「生徒会に私情を挟みたくはないけど、幼なじみとしてこれだけは言わせてもらう。はのんを遊びに巻き込むな。そんなに軽々しく扱ってもらっちゃ困るんだよ」
　決して大きくはないけど芯のある声。
「それとも。まさか、はのんに本気だったりするのかな」
　問う、というよりは責め立てる。

そんな感じに見えてしまう。
「そんなわけ……」
　中島くんが小さく笑って言ったのが気配でわかった。
「ありえないね。こんな可愛くない女」
　『可愛くない』がぐさりと突き刺さる。
　遼くんが私たちが付き合っていたと言ったことはもちろん衝撃だった。
　私のことを、軽々しく扱うなって怒ってくれているのが嬉しかった。
　中島くんが女の子に慣れてることは知ってた。
　好きでもない相手に平気でキスしたり甘えたり抱きしめたりしてくるから。
　リボンを綺麗に結べるのだってそう。
　ライターのうさぎが可愛いのだってそう。
　いつも可愛い女の子と遊んでる証拠。
　いろんな感情が混ざってうまくコントロールできない。
「だったら……その気がないなら、約束して。これ以上、はのんに、絶対手は出さないって」
　本気だって言ってほしかったわけじゃない。
　中島くんは私と違って可愛くて従順な女の子が好きだって知ってるから。
　中島くんが私に構うのは口封じのため。
　わかって接していたのに、少なからず傷ついた理由はなんだろう。
　コーラを飲んでるときの無邪気な笑顔も、さっきうさぎ

の話をしたときの嬉しそうな笑顔も。
　向けられた冷たい目のせいで、全部嘘だと言われた気がしたから。
「元カレがそこまで束縛すんの、どうかと思うけど」
　呆れたように中島くんが笑う。
　そして私の肩を抱いた。
「りょーくんの言うことは聞けないかな」
　遼くんが眉をひそめる。
「上月は、俺が飽きるまで可愛がるって決めたんだよ」
　少し身をかがめて、私の耳元でそう囁いた。
　声にも肩をつかむ手にも、優しさは感じられない。
　何をそんな勝手なことを。
　そう言って振りほどきたいのに。
　そうはさせてくれない。
　圧倒的な雰囲気に呑まれてしまって動けない。
　暴力を振るってるわけでも、怒鳴ってるわけでもない。
　静かに、ただ言葉を放っているだけなのに、なぜか凍えるほど冷たく感じた。
　中島くんのこと、初めて心の底から"怖い"と思ったかもしれない。
　中島くんは私の肩をつかんだまま歩き出した。
　指先に力が込もっていて痛い。
　遼くんのほうを振り向こうとすると、肩にあった手を後頭部に移動させて阻止してくる。
　そして、なぜか教室に続く階段をスルーしてその奥へと

進んでいく。
「ちょっと待ってよ、どこ行くの……」
　答えてくれない。
　やがてたどり着いたのは校舎の隅っこ。
　ほとんど使われることがない非常階段だった。
　どうしてこんなところに……。
　そう思った瞬間、壁に背中をつけさせられて。
　顔の真横に中島くんの大きな手のひら。
　スカートのすぐ下に長い脚。
　横にも下にも逃げられない。
「ちょ、なに……」
「寝たのか」
「はい？」
「りょーくんとやったことあんのかって聞いてんだよ」
　ポカンと見上げる私。
　すぐに意味がわかって赤面するけど、中島くんは感情の読めない冷たい目で見下ろしてくる。
「っ、い、意味わかんないし……いきなりなんなの」
「ぐだぐだ言わずに答えろ」
　睨まれた。
　さっきからずっと怖いまま。
「やめてよ……なんか、怖いよ、中島くん」
　後ずさろうにも背中は壁にぴったりくっついてしまっていて動けず。
　それなのに中島くんはよりいっそう距離を縮めてくるか

ら、せめて視線だけでも逃れようとうつむいた。

すると目の前がふっと暗くなって、影が落ちてくる。

目線が同じ高さになったかと思えば、中島くんはもう少しかがんだ姿勢になり、うつむいている私を下から掬い上げるように見つめた。

目の前の黒い瞳が不安定に揺れる。

「⋯⋯て」

口元が小さく動いた。

かすれた声。

聞き取れないのに、なぜか無性に切ない気持ちになる。

なに？と震えた声で聞き返すと、私を壁に押さえつけていた腕が力なく下ろされた。

「俺のこと見て⋯⋯はのん」

私の手に中島くんがそっと触れる。

ピクッと指先が反応した。

ゆるく絡まって、それからほんの少し力が込もるけど、ちょっとでも拒めばすぐにほどけてしまいそう。

それくらい、弱々しい。

「⋯⋯いつから付き合ってた」

静かな声で聞いてくる。

「⋯⋯中学、2年生くらい」

「なんで別れたの」

「⋯⋯」

「お前、バカみたいに未練たらたらだよな」

静かになったと思ったらすぐバカにしてくる。

「別れたとき、悲しかった？」
　浮き沈みのないトーンでそう聞かれて、あの頃の思い出が脳裏をよぎった。
　できればあんまり思い出したくない。
　綺麗な部分だけ残しておければいいのに。
「……なんて顔してんだよ」
　指を絡めたまま中島くんがその場にしゃがみ込む。
　だから私も、自然と腰を下ろすかたちになった。
「バカだな。……付き合うから別れるんだよ」
　いったん離れたかと思えば、今度は両手で確かめるようにぎゅっと握りしめてきた。
　……触れられるとなんとなくもどかしい気持ちになる。
　中島くんは意外とスキンシップが多い。
　たぶん女の子に触れることが習慣化してるんだと思うけど、問題はそこじゃなくて、なんていうか、触れ方がいちいち焦れったいんだ。
　ベタベタと嫌な感じはしない。
　そっと触れてかたちを確かめるようになぞって、すぐ離したかと思えば次は力を込めてきたり。
　体温は高くもなく低くもなく、ほんのり温かい。
　手のひらは、意識して汗ばんできてしまう私と反対に、さらさらしてる。
「あの、離してほしいんだけど……」
　お互いかがんだ姿勢のまま、目線は一緒。
　中島くんは目を細めた。

私の言うことは無視して、指を絡ませたりほどいたり、何やら楽しそうにもてあそび始める。
　……これはいったい。
　言っても聞いてくれないから、手が離れたわずかな隙を見て後ろに隠そうとしたけど。
「逃げんな」
　あっさり、つかまってしまう。
「手首ほっそ。両腕合わせても片手でつかめるな」
　無理やり両手をくっつけさせられたかと思えば、左手だけで束ねられる。
　逮捕された犯人みたいな格好。
　ほら、と見せつけてくる中島くんは、何やら満足気。
　機嫌、直ったみたい。
　それはよかったけど、いつまでこれを続けるんだろう。
　さっき歩いてきた奥のほうから生徒たちの話し声が聞こえてくる。
　もう少ししたら登校ラッシュ。
「そろそろ教室行こうよ」
「えー……」
　わざとらしい駄々っ子声を出してくる。
「ねえ上月」
「なに？」
「デートしたい」
　うん？
　あまりに脈絡のないセリフ。

「今なんて?」
　私が聞き間違えた可能性もあるから、一応確認してみる。
「デートしたい」
　同じセリフがくり返された。
　どうやら中島くんは、人を動揺させるのがお好きらしい。
　慌てているのを悟られたくないから、「……ああ、そう」と冷静なふりをして返してみる。
「いつ空いてんの?」
「えっ……」
「今週の土曜とかどう?」
「ちょっ、と待ってよ……」
　話を勝手に進めないでほしい。
「なんで私と中島くんがデートすることになってるの」
「俺が誘ったから」
　いきなりデートだなんて。
　やっぱりこの男、軽すぎる。
　ていうかその前に。
「なんで私?」
「理由いる?」
「だって中島くんモテるんだし、デートする女の子とかいっぱいいるでしょ、それに……」
「ごちゃごちゃうるせぇーなあ」
　ぐっと顔が近づけられる。至近距離。
　唇、触れそう。
「くだんないことはいーから、早く返事よこして」

じゃねぇとその唇塞ぐぞ、とでも言わんばかりの圧力。
「無理だよ」
「……なんで？」
「なんでって……付き合ってるわけでもないのにヘンでしょ？」
「デートって付き合ってないとダメなの」
「うっ……それは……」
　改めて考えてみるとデートの定義ってよくわからない。
　付き合う前の過程にデートが含まれることだってあるだろうし。
「お前はキスもデートも付き合わないとできねぇーのかよ」
　軽くバカにされた気がして、腹が立った。
　ほんと、そういうところだよ中島くん。
「デートはともかく。キスはそうでしょ……好きでもない相手にほいほいキスする誰かさんの気がしれないよ」
「誰のこと言ってんの？」
「とぼけないでよっ」
　自分のしたこと忘れたのか！
　睨みつけると、またしても顔を寄せてくるから慌ててうつむいた。
　こうしていればキスはされないはず。
　だけど、ずっとかがんでいるせいか、だんだんと足がしびれてきて体勢を保つのがきつくなってきた。
「ねえ、もう教室行こうってば……」
　聞いてくれない。

私の肩から流れた髪を中島くんがゆっくりと掬い上げて丁寧な手つきで耳にかけた。
　これじゃあ顔を隠せない。
「はのんちゃんってさ」
　甘ったるい声で名前を呼ばれる。
「オカタイことばっか言ってるわりに隙だらけだよね」
「……え」
　手が伸びてきて私の首筋をつーっとなぞった。
　ビクッと肩が動く。
「ほんとーは、してほしいとか思ってんじゃないの」
　首に当てられていた指先が、今度は口元にそっと添えられる。
　校舎の誰もいないところで２人きり。
　鼓動が加速していく。
　その裏側で、まるで学園恋愛ドラマの中にいるみたいだと、この状況をどこか客観的に見てる自分がいた。
　あんまり現実味がない。
　だんだん頭がぼうっとしてくる。
　中島くんは人を引き込む方法を知ってるんだと思う。
　甘い雰囲気をつくりだすのがお上手。
　だけど……このまま流されるのは嫌だ。
「遊ぶなら私以外の誰かにして」
　両手で胸元を押し返した。
　わずかに顔を上げると、なんの感情も読めない目で私を見ていた。

数秒後、キーンコーンと間抜けなチャイムが校舎に響きわたる。
　中島くんは目を逸らしたあと、ゆっくりと立ち上がった。
　あと5分で朝礼が始まってしまう。
　私も続いて立ち上がろうと足に力を込めたけど。
　じん……と、しびれが走った。
　何か重たいものがつま先に乗っかってるような感覚。
　踏んばろうとしても思うように動かなくて、痛いような、くすぐったいような。
　ビリビリする。
「……ううっ——」
　立てない。
　中島くんに見下ろされて、恥ずかしさに全身から火が出そう。
「なに、どーしたの」
　笑いを含んだ声で聞いてくる。
「足が……しびれた」
　案の定、ケラケラと笑われた。
　なんとか立ち上がろうと後ろの壁に手を当てる。
　すると、中島くんが再び目の前にかがんできたから、びっくりして尻もちをついてしまった。
「パンツ見えてんだけど」
　ほんっとうにデリカシーがない男。
　うるさいって睨んだら、またも笑われる。
「制服にはやっぱ白だよな。俺の好みわかってんじゃん」

「なっ……」
　反発しようと試みた瞬間。
　腕をつかまれてぐいーっと上に引き上げられた。
　おかげで立つことができた私。
　だけどまだ足はしびれたままなので、そのまま中島くんの腕の中に倒れ込む。
　完全に密着状態、ゼロ距離。
　やっぱり甘い匂いがした。
「……っとに、かわい」
　ひとり言みたいに、ぼそっとつぶやかれたセリフ。
　妙に耳触りがよくて、中に優しく流れ込んでくるような声だった。
　ドクリと胸が音を立てる。
　……かわい、川井（かわい）、河合（かわい）、カワイ……。
　自意識過剰になるのも恥ずかしくていろいろ変換（へんかん）してみるけど、どれも今の状況からして不自然で。
　か、可愛い……って言った？
　ジワッと顔が熱くなった。
　しまったと思う。
　今、絶対真っ赤になってるから。
　人たらしの中島くんのことだから、軽い冗談だとはもちろん理解できるけど、これはちょっと不意打ちすぎた。
　動揺してるなんて思われたくない、笑われるだけ。
「もう治った？」
　そう聞かれて思わず中島くんの背中に腕を回してぎゅっ

と抱きついてしまった。

白シャツに顔をうずめる。

だってこの顔、見られるわけにはいかないから。

「っ、上月？」

「……まだしびれてるから」

「……そう」

「……」

抱きつくなんてどうかしてるけど、顔を隠す方法が他に見当たらない。

中島くん以外の男の人なら絶対やらない。

中島くんは女の子慣れしてるだろうし、私にこういうことをされても、とくになんとも思わないはず。

たぶん今も『面倒くせぇー女』とか、そんな感じの目で見てるんだろう。

……ああでも、もうすぐ朝礼が始まってしまう。

いつまでもこうしてるわけにはいかない。

離れよう。

なるべく下を向いて、髪で顔を隠して。

「……あ、治ったかも」

腕の力をゆるめた。

するとその直後、校内放送のアナウンスを知らせるチャイムが鳴った。

『全校生徒にお知らせします。午前9時から緊急(きんきゅう)会議が入ったため、1限目の授業は自習とします。各自、静かに勉強をしてください。また、生徒会役員は至急大会議室に

集合してください。くり返します……』
　生徒会役員!?
　行かなきゃ……！
　顔が赤いことも忘れて中島くんからバッと離れる。
　勢いよく反対を向いたから、たぶん顔は見られずにすんだと思う。
　……ていうか中島くんも、もう生徒会のメンバーだよね。
「なあ、俺も行ったほうがいい？」
「うん」
　振り返らずに答える。

「上月、歩くの速い」
「だって急がなきゃ」
「足しびれてたんじゃないのか」
「っ、治ったって言ったじゃん、さっき」
　会議室への廊下を急ぐ。
　もちろん中島くんは役員になったんだから一緒に行かないといけないけど、このまま遼くんと鉢合わせしたりしたら嫌だなぁ……なんて。
　だって、中島くんといたことバレちゃう。
　同じクラスだから本来は一緒に来てもおかしくないんだけど、さっきあんなことがあったから……あんまり、見られたくはない。
　それにしても、中島くんはなんで遼くんにあんなことを言ったんだろう。

自習と言われて、たくさんの人がはしゃいでいる中、中島くんが廊下を歩けばその周りは自然と静かになり、みんなは一歩退きながら軽く頭を下げる。
　そんな中。
「お、中島どこ行くの？」
　金曜日の打ち合わせで一緒だった人物──たしか灰田くんが、教室の窓から顔をのぞかせた。
「あれ、言ってなかった？　生徒会入ったんだよ、俺」
　灰田くんは目を丸くした。
「冗談だろ」
「ほーんとだって」
　な？と私を見て確認を取る中島くん。
　うなずくと、なぜか頭にポンと手を乗せてきた。
「上月、ちょっと先行っといて」
「えっなんで？」
「いーから」
「……わかった」
　おそらく灰田くんに何か用でもあるんだろう。
　私にとっては好都合。
　これで遼くんに勘違いされずにすむ。
　よかったと胸をなで下ろしながら２人に背を向けた。

利用

「へえー。今年も結局、一般公開するんだ」

どうでもよさそうにそう言ったミカちゃん。

やっと教室に戻ってこれた私は疲れきっていた。

最終的に午前中の授業時間をすべて使って行われた会議は、つい先日、中止が決定されたはずの文化祭の一般公開を見直すというもので。

「西区のお偉いさんに反対されたんだって。文化祭の一般公開をなくすと、今まで以上に人を呼び込めなくなるからって……」

ああ、と納得したようにミカちゃんがうなずく。

せっかく共学にしたのに、男子校時代とあまり変わらないこの高校。

西区のお偉いさんからしてみれば、人を呼び込むチャンスはできるだけ活用したほうがいいってことなんだろうけど……。

「不安しかないよ〜」

ミカちゃんの机でうなだれていると、ちょうど前を通りかかった中島くんが足を止めた。

手にはコーラを持っている。

何か言われるのかと身構えると、中島くんは爽やかに笑ってみせた。

「上月さんごめん。いきなりで悪いんだけど、今日の放課

後の生徒会、行けなくなった」
 どうやら、ミカちゃんの前だから優等生モードに切り替えたらしい。
「何か用事でもあるの？」
 ほんとはサボりたいだけなんじゃないの？と疑いの目を向けてみる。
「中央区に行かないといけなくて」
「中央区に？」
「うん。……大事な、用事」
 どうせ演技だろうけど、申し訳なさそうな顔を向けてくるから何も言わないことにした。
 中島くんがクラスの輪の中に戻っていったあと、今朝のことを少しだけ思い出した。
 遼くんのこと、中島くんのこと。
 ──もしも"あの出来事"がなかったら、私は今も遼くんと付き合ってたのかな。
 ぼんやりと考える。
 ……ううん、遅かれ早かれたぶん同じ。
 私は遼くんと結ばれてはいけない。
 あのときじゃなくても、それはいつか気づくこと。
 悲しいほど、思い知らされる……。
『付き合うから別れるんだよ』
 今朝は気にも止めなかったセリフが、なぜか今になって胸に重くのしかかってくる。
 あのとき、付き合わなければよかった？

これからだって、付き合わなかったら、ずっとそばにいられる？
　本当にそうなの？
『ほんとーは、してほしいとか思ってんじゃないの』
　——違う。
　軽い人は苦手。
　……だけど。
　中島くんは上書きしてくれる。
　そばにいると、悲しい記憶が薄れていく気がする。
　……私は、遼くんを忘れるために、中島くんのことを利用してる？
　雰囲気に流されそうになるのは、無意識に都合がいいと思っているから？
　なんのためらいもなく触れてくるあの手が、本当は嫌いじゃないのかもしれない。

　忙しさは悩みを忘れさせてくれる。
　文化祭に向けて本格的に準備を始めた生徒会は、朝から放課後までバタバタとせわしない。
　やることが多すぎる。
　今朝も早く学校に来て、各クラスから出た予算をまとめたり、大量の印刷物を留めたりと目まぐるしく動き回った。
　朝礼前に教室に入ると、ミカちゃんが「お疲れ様ー」と声をかけてくれる。
「あっ、そういえば！　ねえ、聞いてよ」

「うん、なに？」
　ミカちゃんは、周りの目を気にしながら耳元に口を寄せてくる。
「中島くんは近くにいないよね」
「中島くん？」
　仕事が終わって、教室までは一緒に来たけど、今は浦本くんたちと楽しそうに会話をしてる。
「中島くんがどうかした？」
　首を傾げると、ミカちゃんは何やら神妙な面持ちになって囁いてきた。
「あたし見たんだよ」
「見た？　何を？」
　まさか……。
　とっさに煙草が頭をよぎってヒヤッとした。
　だけど、やめるって言ってたはず。
「昨日の放課後、あたし彼氏とたまたま中央区に遊びに行ったんだ」
「……うん」
「そしたら見ちゃった。……中島くんがめちゃくちゃ可愛い女の子と歩いてるとこ」
　……な、なんで……。
「ええ……っ、それほんと？」
「うん。うちの制服だったし、あんなイケメン見間違えたりしないって」
「……ふうん」

……へぇ、そうなんだ。
「ちなみに女の子のほうは中央高校の制服着てたよー。清楚系って感じで可愛かったんだけどね、ちょっと性格きつそうに見えた」
　生徒会の仕事をサボって女の子とデート。
　それが"大事な用事"なんだ。
「あ、そういえば。中島くんの幼なじみが中央に通ってるって……前に聞いたことあったかも」
　ミカちゃんの話を聞いてたら、だんだん腹が立ってきた。
　幼なじみがいるなんて知らなかった。
　デートならデートって正直に言えばいいのに。
　サボるのはよくないことだけど、好きな人と一緒にいたいって思う気持ちはとがめられない。
　他人が口出しすることじゃない。
　そっか……好きな人。
　中島くん、そういえば好きな人いるって言ってた。
　"宇宙一可愛い"って……。
　私は、"マジで可愛くねぇー女"。
　顔を上げて、友だちとしゃべってる中島くんを見る。
　その横顔が心なしかいつもより明るく見えて、幸せそうで、なんとなくモヤモヤした。
　しばらく見ていたら視線に気づいたのか、中島くんも私を見た。
　いつもだったらすぐ逸らすところだけど、今は一発パンチでも食らわせてあげたい気分で。

それはさすがに無理だから、ひとまず睨みつけることにする。
　……やっぱり嫌い。
　好きな人がいるのに、なんで私をデートに誘うの？
　昨日のことは、全部からかわれただけなんだ――って、とたんに気持ちが冷めていく。
「ねえ、ミカちゃん」
「なに？」
「軽い男って最低だよね」
「急にどうしたの？　まあ、そうだねぇ」
　そうだよ。
　顔がいくらかっこよくても、中身がダメだったらダメなんだよ。
　不思議そうに私を見てる中島くんから、ふいっと思いきり目を逸らす。
　もう今度こそ流されたりしないと心に誓った。

「上月」
「……」
「おいって」
「……」
「なんで無視すんの」
「……」
「……なあ」
　5限目の前の休み時間。しつこいくらいに名前を呼んで

くるから、仕方なく隣を見る。
　と、直後、ほっぺたをぐにっとつままれる。
　……またしても油断した。
「今日はずいぶんと冷たいんだな」
　冷たいっていうか……怒ってるの！
　昨日の生徒会をサボったこと。
「なに、生理？」
　また出た、デリカシーなさすぎ発言。
「ちがうしっ。今月分はもう終わったもん。用がないなら話しかけないで」
「教科書忘れた」
「はい？」
「次の日本史。……見せて？」
　返事を聞かないうちに席をガタンッとくっつけてくる。
「えっ、ちょっと……」
「俺はこの前見せた。断れないよね？　はのんちゃん」
　周りには聞こえない声で囁いてくる。
　耳元。
　いちいち近い。
　肩が当たる。
「……歴史の教科書忘れるなんてことあるの？」
　国数英の教科書ならともかく、それ以外の教科のものはロッカーに置きっぱなしにすることがほとんど。
「俺は真面目だから」
「不良のくせに？」

「煙草やめただろ、ちゃんと」
「……ほんとに、もう吸ってない？」
　中島くんの手が私の日本史の教科書をパラパラとめくり始める。
「吸ってないよ」
「……ふうん」
　どこまで進んだかを把握しているらしく、ちょうど前回の続きのページで手を止めた。
　ふいに、落とされていた視線が私のほうを向く。
「偉い？」
　切れ長の目がゆるやかに弧を描いた。
「偉いっていうか……そもそも未成年は手出しちゃダメなものだし」
「でも、がんばってるから褒めて」
「ええっ……」
　甘えモード発動。
　どんな役だってこなしてくるな、って感心する。
　……そういうことは、好きな人に言えばいいのに。
「煙草って知ってのとおり依存性あるから、けっこーきついんだよ」
　中学の保健体育で習ったことがある。
　薬物と煙草の依存性。
　一度手を出したら、自分の意思ではなかなか手放すことができないって。
「我慢しようと思えば思うだけ禁断症状は強くなる。……

上月がキスさせてくんないから、よけいにね」
　努力は一応認めてあげようかなと、優しいことを思ったとたんにコレだから、中島くんは。
「何回も言うけど、キスは好きな人としかしちゃダメだし」
「まだそんなこと、こだわってんのかよ」
「そんなこと、じゃないもん。大事なことだし」
「もうそれ聞き飽きた」
　わかってる。
　中島くんには何回言っても伝わらないこと。
　もう耳も貸したくなくなってきて目を逸らした。
　すると、中島くんは、なぜか開いた教科書を持ち上げて。
「けどさ——」
　低い声が妙に色っぽく響く。
「こーゆうの興奮しない？」
　中島くんの顔面どアップ。
　近づく唇。
　教室、一番後ろの席。
　教科書で隠された私たち。
　びっくりしたせいで逃げ遅れ、黒い瞳に囚われたまま動けない。
　ギリギリ触れない距離で、寸止め。
　本気でキスするつもりはないんだとわかっても、ドキンドキン、心臓がうるさく鳴り続ける。
　意地悪く笑った口元を見て、面白がってるんだと悔しくなった。

——なんてことするの。
　ここ教室なのに。
　私のことからかって、そんなに面白いの……？
　好きな人いるくせに。
　私と違って、"宇宙一可愛い"女の子が……。
　恥ずかしさと怒りが混ざって、なんの感情なのか一瞬わからなくなった。
　胸の中に重たい何かがぐるぐるとうずまいて、ぎゅっと苦しくなる。
「っ、やめて……！」
　腕を勢いよく伸ばして拒んだ。
　自分でもびっくりするくらい力が込もってしまって、押し返すというよりは、突き飛ばすといった感じ。
　中島くんが椅子から落っこちてしまうんじゃないかとヒヤッとした。
　とっさに机で体を支えて、なんとか体勢を保ってくれたから胸をなで下ろす。
「っ、ごめんなさい……」
「……マジでおっかねぇのな、上月って」
「う、ごめん、突き飛ばすつもりはなかったんだけど……ほんとに……」
　謝りながら自分でも戸惑っていた。
　感情がこんなに高ぶることって、ほとんどない。
　最近怒りっぽくなった気がする。
　思い返してみれば、それって全部、中島くんと一緒にい

るとき。
　あの裏庭での出来事があってからずっと。
　この前もその前も、さらにその前も……それに昨日のことだって。
　口封じにキスされたり、遊び感覚でキスされたり、からかうようなことばっかりしてきたり、どれも間違いなく怒っていい状況ではあるんだけど。
「中島くんがケガとかしなくてよかった……」
　いくらムカついても、考えが合わないからといって危害を加えるのは間違ってる。
　故意ではないとしても、相手に少しでも痛い思いをさせてしまった時点で暴力になってしまうから。
「ほんとだよ。頭打ったりしたら笑えないぜ？」
「うん……ごめん」
　うなだれて、もう一度謝る。
　すごく悪いことをした。
　でも、正直、中島くんはもっとブチ切れると思ってた。
　なのに、それどころか私が謝れば謝るほど、優しい表情になっていく。
「反射神経がいい相手でよかったな」
　そう言うと、私の頭にそっと手を置く。
「まあ俺は、上月に殴られようと蹴られようと罵倒されようと。全部許すし、受け入れるけどね」
　軽く笑うと、髪を1回くしゃっとなでる。
　心臓がドクドクッとヘンなふうに脈打った。

「な、殴る蹴るなんてしないし……っ」
「どーだか。暴力女だしな」
「それは中島くんがムカつくことばっか言うからでしょ」
　ムキになって返した言葉に被さるように５限目の予鈴が鳴った。
　間もなくして歴史の資料を抱えた先生が入ってくる。
「……そういや、上月さん」
　私から手を離して黒板のほうに向き直った中島くん。
「……なんですか」
　私も同じように前を向いて、トーンを落としてヒソヒソと答える。
「文化祭、一般公開されることになっただろ」
「うん」
「だったら模擬店とかいろいろ出るよな」
「ああ、うん……そうだね」
　ここでいきなり文化祭の話？とポカンとする。
「生徒会のシゴト、もし休憩もらえたりしたら俺と回──」
「きりーつ」
　何か言いかけた中島くんを気だるい号令が遮った。

スカート

　椅子を引きずる音が鳴り響いたあと、気をつけして一礼。
「ごめん聞こえなかった。なに？」
　着席して聞き返すと、目を斜めに逸らされて。
「……やっぱいい」
「いいの？」
「こーゆーのは勢いで言うもんじゃない」
　こうゆーのって……どうゆーの？
「タイミングミスって断られたらダサいだろ」
「……」
「上月、平気でヤダとか言いそうだし」
「……」
「お前、思いどおりにならない女だしな」
「……さっきからなんの話してるの？」
　中島くんは私を無視して板書をし始めた。
　ねえ、ともう一度声をかけても見向きもしない。
　仕方ないから、私も授業に集中することにする。
　だけどページをめくるたびに視界の端で綺麗な黒髪がサラッと揺れるし、甘い香りがふわっと鼻腔をくすぐるしで。なんだかずっと落ち着かなかった。

　金曜日。
　今日のホームルームはクラスの出し物の話し合いだ。

私たちのクラスは……"メイド喫茶"。
　ほとんど男子しかいないこの学校で……いったいなぜなのか。
　男子がメイド服を着て接待するらしい。
　いさぎよく"女装喫茶"に改名したほうがいいと思うんだけど、すでにメイド喫茶という名前で生徒会に申請が出されていた。
　たしかに面白そうではあるし、ミカちゃんはメイド服着るのを楽しみにしてるけど……。
「上月は絶対裏方。そんな貧相なカラダでメイド服着られても喜ぶ男とかいないから。むしろ全員萎えるから」
　ちょっ……そこまで言わなくてもいいんじゃないの。
　ムカッときて声をあげかけたけど、中島くんの言ってることは事実でしかなくて。
「……似合わないのはわかってるし」
「あーそう。ならよかった」
　意地悪く笑ってくるから、悔しくて睨みつける。
「ていうかっ、わざわざ中島くんに言われなくても裏方やるもん」
　メイド服みたいな、ああいうふわふわした女の子っぽいもの、自分が着るのに抵抗はあるけど本当はひそかに憧れてる。
　人に見られずにすむのなら、一度は着てみたいなぁ……なんて。
　でも文化祭で着るなんてもってのほかだし、ましてや中

島くんに見られたりしたら、さんざんバカにされるのは目に見えてる。
「中島くんはさぞ似合うんでしょうね、メイド服！　色白で細身でモヤシみたいだし！」
　やけになってそう言った。
　そしたら案の定、黒い笑顔を浮かべてきて言う。
「俺を怒らせて楽しい？」
　楽しくはない、断じて。
　できるなら関わりたくないと思うのに、中島くんにはどうしても言い返さないと気がすまなくて。
「相変わらず口が減らねぇなあ？」
「仕掛けてきたのはそっちでしょっ」
「俺は事実を言っただけ。上月にメイド服はありえない」
「〜〜っ、うるさいし」
　するとふいに手首をつかんできた中島くん。
　私の手を自分の首元あたりに誘導させる。
「……？　なに？」
　指先が白シャツに触れる。
「俺のカラダ知らねぇーくせに、好き勝手言いやがって」
　……っ!?　カラダ!?
「っ、なに言ってるの、変態！」
　急いで手を振り払う。
　気づいたらいつも中島くんのペース。
　女の子に飢えてるのかなんなのか知らないけど、この人危険すぎる。

「中島くんなんか……」
　中島くんなんか……。
　悪口を探してみても、顔面は文句なしに整ってるし、スタイルもいいし、頭もいいし。
　悔しいことに、バカにする要素がまるで見当たらない。
「……猫かぶりのくせに」
　弱々しくつぶやいたそんなセリフに、相手がダメージを受けるわけもなく、ふっと鼻で笑われた。
　……気に食わない。
　こうなったら文化祭で女装姿を盛大に笑ってやる……。
「あー。ちなみに俺はメイド服着ないから」
　思考を読んだかのようなタイミングでニヤリと笑う。
「着ないの？」
「うん」
「裏方やるの？」
「ううん」
「じゃあサボり？」
「いや」
　……じゃあ何……。
「俺はねー、うさぎのマスコット」
　そう言うと、どこか嬉しそうに目を細めた。
「客寄せだよ。入り口あたりで看板持って『おいでー』って言う役」
「ええ何それ……そんなのアリなの？」
　うん、とうなずくと、スマホを取り出して操作し始める。

どうやら写真フォルダから何かを探している様子。
やがて指を止めると、画面を私のほうに向けてきた。
「これ被んの」
そこに写っていたのは、うさぎの着ぐるみを着た笑顔の中島くん。
どうやら去年の文化祭の写真らしい。
無邪気に笑っててなんかちょっと可愛いかも……。
2つの大きな耳。
ふわふわしてそうで、写真なのに触りたくなる。
「この着ぐるみ可愛いね」
「うん。友ダチにつくってもらった」
「えっ手づくりなの?」
　……すごい。
　思わずスマホに顔を近づけた。
「6組の朝海(あさみ)ってヤツ。この学校の中では唯一の裁縫(さいほう)ができる男」
　ニコニコ、嬉しそう。
　中島くん、楽しいときとか嬉しいときは、案外素直な笑顔になる。
　……これだから憎めないのかな。

「はのん、ごめん。ちょっとこっち手伝ってくれる?」
　——放課後。
　いよいよ本格的に文化祭の設営の準備が始まった。
　これまでは資料をつくるとかの作業が中心だったけど、

文化祭のために看板をつくったりテントの用意をしたり。
　それには文化委員会も加わってくれるから、人手が足りないということはないんだけど。
「ここ、……押さえてもらっていい？」
　釘とハンマーを持った遼くんが私に指示を出す。
　支えるためには、遼くんにけっこう近づく必要がある。
　嬉しいけど……ちょっと緊張する。
「じゃあ俺、手離すよ」
「う、うん」
　資料づくりのためにパソコンに向かってる遼くんもかっこいいけど、こうやって体を動かしてる遼くんも新鮮でかっこいい。
　……なんか、日曜大工みたい。
　ふふふって、無意識のうちにニヤニヤしてしまう。
　ゆるみそうな口元を必死に抑えながらいい気分に浸っていると。
「上月、俺のほうも手伝って」
　後ろから中島くんの声が飛んできた。
　もう、せっかく遼くんと２人で共同作業してたのに。
「私今、遼くんを手伝ってるの！　見てわかるでしょ」
「……だから、それ終わったら、さっさとこっち来いって」
　ほら、そうやってすぐ機嫌を損ねる。
　いくら私が相手だからって……周りにも人がいるのに。
　ていうかっ！　私が遼くんのこと好きなの、よく知ってるよね？

第3章 わからないココロ ≫ 237

せかして引き離すことないじゃん。
絶対わざとだ……。
この猫かぶりモヤシ男ー!!!
口に出して叫びたいのを我慢する。
だって遼くんがすぐ目の前にいるんだもん。
笑顔を崩さないように、板を支える作業に再び集中する。
やがて、ひととおり釘を打ち終えた遼くんは優しい顔で笑う。
「ありがとう、助かった」
「ううん。いつでも頼ってね、力作業とかはあんまりできないけど、サポートは全力でするから」
私がそう答えると、なぜかふいに黙り込んだ遼くん。
「……どうしたの？」
「……中島のところ……」
出てきた名前にドキッとした。
「中島のところ手伝い終わったら、また俺のとこ来てよ」
「っ、うん」
嬉しさに胸の奥が熱くなる。
ほっぺたがゆるむのを抑えきれず、だらしない顔で中島くんの元へ向かった。
「なにニヤついてんの。待たせてんだから走ってこいよ」
わざわざ手伝いに来てあげたというのにキレ気味の表情で迎えられて、浮き立っていた気分がちょっとだけ下がっていった。
「中島くんて、すぐ機嫌悪くなるよね。子どもみたい」

こちらも精一杯の低い声で対応する。
「上月見てると、なんかイライラする」
「っ、そのセリフそのままお返しする!!」
「とりあえず、そのゆるみきった顔どうにかしろ」
　手が伸びてきて、私のほっぺたを容赦なくつねる。
　だいぶ力が込もってて痛い。
「やめてよっ！」
　右手で払いのけて、そのまま一歩退いた。
「仕事する気ないなら私、遼くんのとこ戻る」
　そして、くるっと背を向けた直後。
「……っ、おい」
　今度は腕。
　強い力でぐいーっと後ろに引っぱられる。
「……ごめん」
　急に弱々しくなった声が耳元で響いた。
「怒んないで、上月」
　胸の奥がきゅっと締まって、なんだか一瞬、切ないような気持ちになる。
　……そんな声を出されたら、急に私が悪いような気がしてくるから腹立たしい。
　中島くんは声も態度も状況に合わせて自由自在に操れるんだから、いちいち振り回される必要はないのに。
「俺のこと手伝ってよ」
「っ、わかったから……離して……！」
　遼くんに見られてるんじゃないかという焦った気持ち

と、中島くんに触れられた部分がなぜか熱くなってしまう自分への戸惑いと……。
　いろんなものが混ざっていって、よりいっそう邪険にしてしまう。
　私も子どもっぽい……人に言えたことじゃない。
　恥ずかしくなりながら向き直ると、ちょうどそのタイミングで強い風が吹いた。
　ざあっ……と校庭の木々の揺れる音がして、その拍子にスカートがめくり上がってしまった。
　……っ。
　慌てて前を押さえつけると、今度は後ろ側がふわっとなびく。
　どうして、よりにもよってこんなタイミングで……！
　目を逸らしてくれればいいのに、デリカシーのない目の前の男は私のスカートをガン見してくる。
「上月って俺にスカートの中見せんの好きだね」
　頭の中が沸騰しそう。
「好きで見せてるわけじゃないしっ」
「いっつもヒラヒラさせて危なっかしーんだよな。スカートなんかより男用の学生服がいいんじゃね？」
「っ、あのねえ！　私だって一応女なんだからね！　……その……似合わないとしても──」
　思わず言葉を切ったのは、中島くんがスカートの裾に触れてきたから。
「他の男に見られたらどうすんだよ……」

そう言うなりスカートのホックあたりに手を移動させて、布越しに腰骨あたりを触ってきた。
　不意打ちすぎて「ひゃっ!?」と間抜けな声が出てしまう。
「ちょ、なに」
「んー……。スカート折ったりしてないか、確認?」
　はあ?
　布を折って短くしてるって疑ってたの?
「そんなことしてないっ。だいたい、今のタケも言うほど短くないし」
「お前は膝下でいい」
「勝手なこと言わないでよ。そしてスカートから手を離してっ」
　傍から見たら、中島くんが私に抱きついてると思われても仕方ない体勢。
　もぞもぞとお腹あたりで手が動くからくすぐったいし、近いからクラクラして、また突き飛ばしてしまいそうだ。
　横目で遼くんのほうを見てみたら、幸い自分の作業に集中しているようで安心した。
　もう一度「離して」と言ったら、中島くんはしぶしぶうなずいて距離を取り、ペンキの入った缶を持つと、私を壁のほうに誘導させた。
「上のほう塗るから、脚立を下で支えてほしい」
　そう言いながら、軍手を装着。
　どうやら今度こそ真面目に作業する気になったらしい。
　よかった……と思いながら、中島くんが脚立に足をかけ

るのを待っていると、何か言いたそうな目でこちらを見てきた。
「……なに？」
「煙草吸いたい……」
「今それ言うの？　我慢してよ」
　煙草の禁断症状って、イライラしたり眠れなかったり、けっこうしんどいって話だから、我慢するのも大変だとは思うけど。
「アメ取って」
「はい？」
「ポケットの中にある。俺、軍手したから取れない」
　軍手くらいすぐ外せるでしょ！と思いつつ、また言い合いになるのも面倒くさいからおとなしく従うことにする。
　ポケットから出てきたものをよく見ると【禁煙キャンディー】と書かれていた。
　これって、煙草吸ってましたって言ってるようなもの。ポケットなんかに入れて、見つかったらどうするのって呆れた気持ちになる。
「袋開けて、食べさせて」
「ええっ……」
　どうしてそんなお世話まで焼かなくちゃいけないの！
　周りをキョロキョロ見渡して、人目がないことを先に確認する。
　だけどそれじゃ不安がぬぐえなくて、誰の目からも完全に死角になる位置まで中島くんを押しやった。

太陽も当たらない薄暗い場所。
「ほら、さっさと口開けてよ」
　すると何が面白いのか、中島くんは薄く笑う。
「大胆(だいたん)だね」
「はあ？　中島くんが食べさせろって言ったんじゃん」
「こんな場所に連れ込まれると、ちょっと興奮する」
　バカバカしい。
「遼くんに見られて、ヘンな誤解されたくないだけだし」
　袋の端をピリッと破る。
「うん、知ってるー」
　そう言った中島くんの口に丸いアメ玉を押し込んだ。
　一瞬だけ指先が唇に触れて、わずかに濡れた感触にドキリ、とする。
　顔が熱くなって、とっさに手を離すと「どーしたの？」って、ニヤリと笑うから。
　──絶対わざとだ。
　そう思わずにはいられなかった。

第4章
甘いホンネ

再会

　長かった準備期間も終わり、ようやくやってきた、文化祭当日。

　男子が多いせいで騒がしい学校が、さらに騒がしくなっている。

　唯一楽しみなのは、生徒会の休憩の間に、ミカちゃんと有志参加のバンドを見に行くこと。

　プログラムに、私の好きな曲名があったから……。

　そんなことを考えていたら、ちょうどミカちゃんが登校してきた。

　だけど「おはよう」と声をかけるやいなや——。

「はのん、ごめん！」

　と謝られて、なんだか嫌な予感がした。

「彼氏と休憩時間が合わないから、はのんと回るって言ってたんだけど、彼氏がクラスの出し物のシフト変更してくれたらしくて……だからごめん！」

　……つまり、彼氏と一緒に回るから、私と一緒にはいられないと。

「ええ、そんなあ……」

　悲しいけど、ミカちゃんの彼氏との時間をワガママ言って奪うわけにもいかない。

「ほんとごめん！　はのんは、遼くん誘ったらどう……？」

「う……うん。そうだね、誘ってみる」

そう返事をしながらも、遼くんと一緒に回れないことはわかっていた。
　生徒会は交代で見回りをすることになっていて、シフトは見事に、私が休憩のときは遼くんが仕事をしていて、遼くんが休憩のときは私が仕事をしていて……という感じになっている。
　つまり、かぶることがないんだ。
　……どうしよう。
　休憩といっても、クラスのメイド喫茶の仕事もあるから、完全にフリーな時間は1時間くらいのもの。
　去年みたいに、校舎の隅っこでじっとしているか……休憩時間も、生徒会の仕事を手伝うか。
　どっちにしろ、楽しい文化祭にはほど遠い。
　まあ、もともと期待してなかったし、別にいっか……。
　ため息をつくのはやめて、メイド喫茶の最終的な準備に取りかかった。
　周りのクラスメイトは、お互いのメイド服姿を見ながらゲラゲラ笑い合ったりしてる。
　着替える前にまず準備してよと言いたくなるけど、あまりしゃべったことのない男の子相手に、そんなこと言う度胸はない。
「あっ、上月さん。おっす」
　振り返れば、浦本くん。
　ふと周りを見て、教室に中島くんがいないことに気づく。
「ねえ、中島くんは？」

まさか中央高校の女の子とデートするから文化祭もろともサボるとかないよね？
　前科があるから疑ってしまう。
「あー、琉生？　たぶん朝海のとこだと思うけど」
　……朝海くん。
　たしか、うさぎの着ぐるみをつくった人。
　ということは、ちゃんと学校に来てるってこと。
　よかった……。
　中島くんがいないと、生徒会の仕事も回せなくなる。
「てかそれより、上月さんに頼まなくちゃならないことあんだよ」
　申し訳なさそうな顔をする浦本くん。
　ミカちゃんに続き、再び嫌な予感。
「上月さんと同じ時間帯にシフト入ってる男が、3人とも馬刺しで当たったらしくてさ……」
　うっ、これはもしかして……。
「裏方じゃなくて、メイド服で接客してください！　お願い……」
　バッと頭を下げられた。
　3人も休みなら、そりゃあ誰かが代わりに接客にまわらないといけないし、こんな頼み方されたら断るわけにもいかないけど。
「メ、メイド服は……ちょっと……」
「大丈夫！　サイズはちゃーんと、そろえてあるぜ」
「いや、えーっと、そういうことじゃなくて……私……」

たぶん似合わないし。
そんな格好を人前でするとか、ハードル高いし。
中島くんも……『そんな貧相なカラダでメイド服着ても』とかバカにしてきたし。
「私のメイド服姿なんて、人前にさらせるものじゃないので……」
なんとか手を引いてもらおうと必死。
でも、浦本くんも、私を説得しようと必死。
ガシッと両手をつかんでくる。
「何言ってんすか！　上月さん、絶対に似合うから！　めちゃくちゃ可愛いし！」
間違っても、そんな言葉に乗せられたりはしない……。
次の断り文句を考えていると、横からミカちゃんが介入してきた。
「浦本くん任せて！　あたしがメイクでもっと可愛くしてあげるから〜」
そう言うと、私の首根っこをつかんで引き寄せる。
「ええっ、ちょっとミカちゃん……!?」
困惑気味の私をよそに、浦本くんからメイド服を受け取ると、ニコニコ笑顔で「ほら、更衣室行くよ！」なんて言ってくるミカちゃん。
その反対の手には、メイクポーチが握られていた——。

　　　——約30分後。
鏡を見ると、落ちていた気分が少しだけ上がった。

もうどうにでもなれと、メイクも髪型も、ミカちゃんにされるがまま座っていた結果。
　　ぱちっと瞬きしてみる。
　　心なしか、目がいつもよりおっきく見える。
　　心なしか、涙袋がいつもよりぷっくりして見える。
　　思わず横顔を鏡に映すと、まつげがくるんとカールしていて。
　　自分の顔なのに、ちょっと可愛いかも……なんて思ってしまった。
　　よく見るとそうでもないんだけど！
　　雰囲気！
　　いつもよりふわふわしてて、女の子っぽくなってるのは事実。
「へへへ～。ピンクベースのアイシャドウ使って甘めに仕上げたんだよ～。予想どおり！　ってか予想以上に可愛くなった！」
　　そう言って得意顔で頭をなでてくれるミカちゃん。
「まつげは上げただけでマスカラは使ってないし、アイラインも目尻(めじり)だけだから、超ナチュラルだよ！　うん、可愛い可愛い」
　　そうやっておだてられると悪い気はしない。
　　これなら私も接客できるかも。
　　ほんとは憧(あこが)れだったメイド服も、ちょっとは自信持って着ることができる……。

メイド服に身を包み、ミカちゃんの後ろに隠れるようにして廊下を歩いた。
　いつもよりマシな顔になったとはいえ、恥ずかしいものは恥ずかしい。
「顔上げなって〜。せっかく可愛くしてあげたのに」
「ううっ……」
　周りの人がみんな自分を見ている気がする。
　笑われてたらどうしよう……。
　そしてなんとか教室前までたどり着いたとき、ミカちゃんが何かに気づいたように「あっ」と声をあげた。
「……うさぎだ」
　うさぎ？
　聞いて思いつくのは１人しかいない。
　思わず顔を上げる。
　前方に、ゆらゆら動くうさ耳……フード。
　ちょうどこっちを見た相手と、バチッと視線がぶつかり合った。
「……な」
　低い声とともに、ピンクの長い耳が揺れる。
「っ、……何やってんだよ」
　その人物は、そう言うなり顔を背けて、イライラした様子でうさ耳フードを頭から外し、舌打ちをした。
「誰。……これ着せたヤツ」
　くしゃっと無造作に前髪をかき上げて、周りを見渡した中島くんの元へ、浦本くんがやってきた。

「あー琉生。食あたりで休んだヤツの代わりを上月さんに頼んだんだけど……」
「ダメ」
「は?」
「絶対ダメ……」
 私ではなく、浦本くんに詰め寄ってそんなことを言い始める。
 『絶対ダメ』って……。
 本人の前でそんなに否定しなくてもいいのに。
 "可愛い"なんて言葉をからかい以外で中島くんが言うはずはないんだけど『案外似合ってる』……とか、そのくらいは言ってくれるんじゃないか……。
 私はひそかに期待していたらしく、ふくらんでいた気持ちが急にしぼんでいくのがわかった。
「人足りねぇーんだからしょうがなくね?」
「でも、上月はダメ」
「琉生の気持ちはわかるけど——」
「俺が接客やる。2人分がんばる。だから上月は——」
 すると、中島くんの周りを数人の男子が取り囲み始めた。
「琉生くん絶対女装とかしないって言ってたじゃん。それに女の子の呼び込み担当だから外せないよ」
「そーそー。貴重な女子を琉生くんの顔で釣らないでどうすんのって話」
 顔色をうかがいつつ、中島くんを説得しようとする。
 たしかに中島くんのルックスなら、文化祭に来てくれた

女の子たちもキャーキャー言いながら近寄ってくるに違いない。
「中島くん、私、もうやるって決めたから」
　そっと声をかけると、何が気に入らないのかムスッとした表情で見下ろしてくる。
「勝手なことしやがって」
　距離をつめて、私にだけ聞こえる声でそう言った。
「何を偉そうに。私がメイド服着るのに、中島くんの許可がいるの？」
　口論になることを覚悟して言い返したけど、中島くんは返事をせずに、そのままこちらに背を向けて教室の中に入っていった。
　すっごく感じ悪い。
　せっかく接客することに前向きになれていたのに、中島くんのせいで、また最初の重い気分に戻ってしまった。

　やがて校内アナウンスが流れ、文化祭の始まりを告げた。
　クラスのシフトでは一番初めの時間帯に入っていたから、オープニングセレモニーには参加せず、そのまま教室でお客さんが来るのを待つことにした。
　うちの高校の文化祭なんていったい誰が好き好んで来るんだろうと思いながら、窓の外をぼんやり眺める。
　学校のある西区は治安も悪いし、去年も暴力事件があったから。
　だけど思いのほか、校内はたくさんの人で溢れていて

びっくりしてしまう。
「おーおー、人ヤバッ」
　視界の端でスカートがふわっとなびいたかと思えば、メイド服を着た浦本くんが隣に並んできた。
　金髪リーゼントにふわふわのメイド服があまりにも不釣り合いで思わず笑ってしまう。
「えー何を笑ってんすかあ。やべぇーコイツ似合わねぇって？」
　顔面とのギャップがすごいことに自覚はあるらしい。
　クスクス笑っていると、照れたように頭をかく。
「あー。それよか上月さん、マジで今日可愛いな」
　サラッとそんなセリフを混ぜてくる浦本くん。
　お世辞だとはわかってるけど、私が周りの人の目にどう映っているか不安な気持ちがまだあったから、おかげでちょっと自信が持てた。
「あ、あのね、ミカちゃんがいい感じにメイクしてくれたの……髪型も、アイロンでアレンジしてくれたんだ」
「そっかー。いつもと雰囲気違うとドキドキすんなー。すげぇ似合ってる」
　ニコニコ、ニコニコ。
　大げさなくらいストレートに褒めてくれる。
　中島くんも、このくらい言ってくれたらいいのに。
　他の女の子が着てるの見たら『ちょー可愛いよ』とか言うんだろうな。
　人たらしの猫かぶりだし。

……なんて、無意識にそんなことを考え始めた自分にハッとする。
　首を横に振って頭から取り払った。
　隣を見ると、浦本くんも何やら落ち着かないように、キョロキョロと周りを見渡している。
「どうしたの？」
「っあ。いや……琉生が近くにいたらまずいと思って」
「え？　なんで？」
　私も一応姿を探したけど、教室内には見当たらない。
　ここにいないってことは、たぶん客引きに行ってるんだろう。
「だって、上月さんは琉生のお気に入りだしな」
　浦本くんはトーンを落としてそう言った。
　……オキニイリ。
　お気に入り!?
　浦本くんを見上げた矢先、「らっしゃいませーっ」入口から野太い声が飛んでくる。
「あっやべ、客来た！」
　慌てたように応対に走っていく浦本くん。
　続いて新しいお客さんがまた入ってきたので、私もあとに続いた。

「上月チャン、これ３番テーブル」
「は、はい……！」
「運び終わったら次こっちね」

「わかりました！」
　メイド喫茶、思いのほか大盛況。
　クラスメイトの同じ中学の友だちとかが面白がって見に来ていたりして、いろんな方面から笑い声やカメラのシャッター音が響く。
　男子ばかりかと思いきや、中学生から高校生と見られる女子グループの割合も多くて、中島くんの客引き効果なのかな……とも思った。
　だけどそんなことを考える余裕もあまりなく、バタバタとせわしなく動き回っていた。

　やがて時間が経ち、お客さんも少しずつ落ち着いてきた頃、入り口あたりから甲高いはしゃぎ声が聞こえてきた。
　目を向けると、案の定。
「えーっほんとかっこいい。めっちゃタイプ〜！」
「うさぎ可愛い〜耳触ってもいいですか？」
「一緒に写真撮ってください、お願いします……！」
　中島くんが女の子6人をはべらせて戻ってきていた。
　朝の不機嫌オーラはどこに行ったのか。
　ニコニコ無邪気な笑顔を振りまきながら、1人1人の要求に丁寧に応えている。
　女の子の目線に合わせてかがんで、一緒に写真を撮ってあげてる。
　いちいち距離が近い。
　そりゃあ写真だから、離れていたら見切れちゃうし、多

少はくっつかないといけないんだけど。
　女の子たち、みんなうっとりした目で中島くんを見つめてる。
　どこぞのアイドルですかって心の中で突っ込んだ。
「わあっ！　シッポもついてる〜！」
「触り心地、最高なんだけど〜！」
　抱きつく勢いで中島くんに触れながら、離れる気配はまったくない。
　初対面の人によくもまあこんなにベタベタできるなって感心しつつも、もしかしたらこれが"普通"なのかなって考える。
　好きな人以外に簡単に触れるのはおかしい……って私の考えのほうが他の人には通用しなくて、古くさいものなのかなって。
　やっぱり私って重い……のかな。
「ルキくんっていうんだね〜」
「連絡先交換しようよ〜」
「えーっずるい、ウチもする〜！」
　すごいキラキラして見える。
　急に距離を感じてしまう。
　同じ空間にいるのに、私とはかけ離れた世界の人みたい。
　愛想よくうなずいてスマホを取り出す中島くんが、いつも隣の席で話してたはずなのに、なんだか全然知らない人に見える。
　気づけば目を逸らしていた。

何か重いものが、モヤッと胸の奥でうずまく。
　……ああ、なんか、よくわからないけど、ここから離れたい……かも。
　うつむいて、そう思った直後。
「ねえ、あんた可愛いね」
　近くのテーブルにいた男子グループの１人が立ち上がって腕をつかんできた。
「名前なんてゆーの？」
　顔を近づけてくる。
　反射的に背けたけど、つかんでくる力が強くて距離を取ることができない。
「シフト何時まで？　終わったら俺たちと抜けよーよ。学校案内とかしてくれたら嬉しいな〜」
「……っ、私、そういうのは……」
「いいじゃん。こんな男ばっかの学校通ってんだし、どうせ遊んでんだろー？」
　さらに近寄られて、吐息がかかる位置。
　怖くてぎゅっと目を閉じた。
　──どうしよう。
　足元が凍りついたように動かない。
　心臓が早鐘を打ち始める。
「なあ返事は？　あんまり焦らされると、俺──」
　相手の声が不自然に途切れた。
　すると今度は反対の手をつかまれる感触がして、両側から拘束されたのかと思いヒヤッとする。

それから、ぐいっと腕を引かれたかと思えば、その先でよく知った甘い匂いに包まれた。
「お客さん、ベタベタ触らないでいただけますか？」
　びっくりするくらい低い声。
　この響きは知っている。
　──キケンなときの、中島くん。
「俺の、なんですよね……この子」
　私を隠すように前に出る。
「あ？　なんだテメェ」
　相手の眉間にしわが寄った。
　とてもまずい状況。
　中島くんが強いのは知ってるけど、こんなところでケンカが始まってしまえば、文化祭が台無しになってしまう。
「ヘンな着ぐるみ着やがって」
　中島くんの胸ぐらをつかんで低い声を出す。
　すると──。
「……よせ」
　後ろに立っていた連れの男子が、肩をつかんでそれを制した。
「コイツ、たしか黒蘭の中島琉生だ」
　それを聞いたとたん、男は声をあげずに仰け反り、怯えたように目を逸らす。
　そして、くるりと踵を返して教室を出ていった。
　周りの緊張した空気も解けて、次第ににぎやかさが戻ってくる。

ただ1人、中島くんだけが黙ったまま動かず。
　背中に張りついていた私はそっと正面に回り、顔をのぞき込んでみたけど、うさ耳フードを深くかぶった中島くんの表情は影になって読み取れなかった。
　ただなんとなく、穏やかではない空気を感じる。
　殺気立ってる？
　怒ってる？
　今は話しかけないほうがいいかなと思いつつも、助けてくれたんだから、ひと言でもお礼を言わなくちゃと遠慮がちに声をかけた。
「あの、ありがとう」
　黒い瞳がやっと私を捉える。
「やっぱり中島くんてすごいね。名前聞くだけで相手がひるんじゃうんだもん」
　この前もそうだった。
　見た目は、そんなに強そうに見えないんだけどな。
「上月、ちょっと来い」
　腕を引かれる。
「えっ？　ちょ、どこに……」
　背が高い中島くん。
　早足で、さらに一歩が大きいせいで、私はついていくのに必死。
　小走りするしかない。
　ロッカーの手前でいったん足を止めたかと思えば、中からジャケットを取り出してまた進み始める。

教室を出た。
「ねえ、まだ仕事中なんだけど……！」
　途中で放り出していいはずはない。
　それなのにズンズン進んでいく。
　仮装パーティーみたいなにぎやかな廊下をすり抜けて。
　中島くんに気づいた人が声をかけても、女の子からの熱い視線を受けても、全部無視して。
　たどり着いたのは西階段、1階の壁際。
　少しくぼんだ空間があって、人目をはばかることはできないけど、これで波に押される心配はなくなった。
　手を離した中島くんが私と向かい合う。
　うさ耳フードを外すと、不機嫌な顔があらわになった。
「そんなもん、着てんじゃねーよ」
　そうつぶやくと、片手に持っていたジャケットをバサッと広げて、私の肩にかけた。
　空気が動いて、甘い香りがふわっと漂う。
　抱きしめられたわけじゃないのに、どうしてか熱を感じた気がして。
　それは自分の体温が上がってるからなんだってわかると、ドクッと心臓が動いた。
「それ脱いで」
「え？」
「今すぐ制服に着替えろ」
「っ、でも……」
　まだ仕事中で。

そんな反論もできないくらい、中島くんはイラついた表情をしている。
「ていうか。なんでいきなり着る気になったわけ。男寄ってくるの、わかってんだろ」
　きつい口調。
「隙が、マジで多すぎるんだよ、お前……ほんと、イライラする」
　……なんで、そんなこと言われなきゃいけないの。
　ミカちゃんにメイクしてもらって、ほんの少し自信がついて。
　それなのに中島くんは、お世辞でも『可愛い』なんて言ってくれない。『似合ってる』とも。
　それどころか、怒ってくるんだもん。
　意味わかんないよ……。
　だんだん自分の考えてることがわからなくなってきた。
　無性に泣きたくなってくる。
　何に対して、こんなに悲しい気持ちになってるのか。
「……がんばったのに」
　弱々しい声が漏れた。
「なんで怒るの？　……に、似合ってないのはわかってるし、男子に絡まれて面倒ごと起こして、私がムカつくのはわかるけど、……っ」
　あからさまに、態度に出さなくてもいいんじゃないの。
　そんなことされると……傷つくよ、いくら中島くんだからって。

口が悪くて軽率で最低な、中島くんだからって。
　考えると苦しくなる。
　このモヤッとした重たいものはなんだろう。
「そうじゃない」
　低い声が落ちてくる。
　そんな不機嫌そうな声やめてよ。
　頭の中でついさっきの光景がよみがえった。
　女の子たちに囲まれてニコニコしてた中島くん。
　優しい笑顔、優しい声を、たぶん、私は自分にも向けてほしかった──。
「わかれよ」
　ふいに距離が縮まった。
　どこか切なさをはらんだ響き。
「他の男に、……見せたくない」
　少しうつむいていて、また表情が読めない。
　知りたいと思ったら、背中に腕が回ってきて、私の体を力なく抱きしめた。
「上月は俺の──だったらよかったのに」
　さっきから、もともと熱かった私の体は、沸騰してるみたいに熱い血液が巡って、脈が加速して。
　そして抱きしめているのに力の込もらない腕、鼓膜を揺らす弱々しい声に急に不安になった。
　周りはワイワイガヤガヤ、本当は騒がしいはずなのに、そこからとても遠い場所にいるみたいに、すっと何も聞こえなくなる。

頭もぼんやりとする。
中島くんの匂い。
ほんのり甘くて優しいのに、いつも私の心の不安定な部分をさらに乱してくる。
抱きしめ返そうと手を伸ばしかけたのは、無意識な気もするし、そうじゃない気もする。
そんなあいまいな思考回路。
はっきりさせたいのに『もうどっちでもいいや』って手放したくなる。
その数秒間、私の世界は、たしかに中島くんと2人だけだった。
全部中島くんが支配してた。
……だけど。
「――上月さん？」
手前から飛んできたその声が、あっという間に私を現実に引き戻す。
凍りついた。
顔を上げることすらできなかった。
相手の姿を見てもいないのに、胸を切り裂かれたような痛みが走った。
見なくても、誰だかわかってしまう。
悲しいくらいに覚えているから。
甲高くてよく通る声、澄んだ大きな瞳。
それは私に向けられたとたん、氷のように冷たくなる。
「あ、やっぱり上月さんだ」

中島くんが相手のほうを振り向くと私の視界が開けた。
　彼女は──泉宮紗世さんは、私を見て片頬だけで笑っていた。
　その隣には、兄の泉宮悠人さんが立っている。
　目眩がした。
　中島くんは2人を見たあと、私に視線を戻した。
　誰なのか、と問いたげに見下ろしてくる。
　それに答えられる余裕なんてなかった。
「遼の通ってる学校、いったいどんなところかと思って来てみれば、低レベルな高校だね、笑っちゃった」
　喉が張りついて声も出ない。
「しかも、上月さんが他の男とイチャイチャしててびっくり。誰でもいいんだね〜。遼のことを好きな気持ちも、しょせんその程度ってことか」
　蔑む瞳。
「まあ、お似合いなんじゃない？　遼と付き合うなんて身の程知らずなことするより、バカ高の男といたほうが痛い目見なくてすむもんね」
　嘲笑う声。
　──やめて。
　頭の中に反響する。
　胸の奥に刃のように突き刺さる。
「相手のほうも、顔はいいからモテるんだろうけど。こんな学校に通ってる時点で終わってるわ。どうせ学識もない、遊んでばっかの男なんでしょ」

私が身の程知らずなのはわかってる。
　遼くんと一緒にいてはいけない。
　私自身が否定されるのは仕方のないこと……だけど、気持ちまで否定しないで。
　それに、知りもしないのに、中島くんのこと悪く言わないで。
「あなたが誰だか知らないけど……」
　悔しさに胸が張り裂けそうで、涙がにじみそうになったとき、中島くんが一歩前に出てそう言った。
「上月をここに連れてきたのは俺です。俺が一方的に抱きしめてただけ、上月の気持ちはいっさいこっちには向いてない。……上月はちゃんと、一途に想ってますよ」
　抑揚のない声。
　一瞬だけ私を見る。
「上月が好きな男は、……今も、堺井遼だけです」
　中島くんのことだから、自分を悪く言われたことを真っ先に怒ると思ってた。
　私に対してはいつもそうだから。
　子どもみたいにすぐ不機嫌になって、嫌味を言ってくる。
　でも今回は違った。
　相手の挑発的な態度には乗らず、かといって低い姿勢も取らず。
　一歩前に出て、冷静に受け答えをしている。
　静かに相手を見据えて、まとう空気もすごく静か。
　たとえこれが作りものだったとしても、この切り替えは

並の人間にはできないと思う。
「ふうん。ずいぶん上月さんの肩を持つんだね。好きなの？」
　紗世さんが吐き捨てるように言った。
　ドクッと胸が鳴る。
　中島くんの足元を見つめて返事を待つ。
　……なんで、何も言わないの。
　数秒経ってゆっくりと顔を上げた直後、紗世さんに腕をつかまれた。
　強い力で引き寄せられる。
　紗世さんの隣に立っていた悠人さんに、勢いよく肩がぶつかった。
「そうだ。いいこと教えてあげよっか」
　紗世さんの視線が中島くんに向けられる。
　とたんに体からサアッと血の気が引いていく。
　――やめて。言わないで。
　頭の中で叫んでも、声にはならない。
「上月さんは――」
　目の前の景色が波打って見えた。
　頭がぐらぐらして、足の力が抜ける。
　次の瞬間真っ暗になった。

願いごと

『聞いた? 堺井くんと上月さん、別れたって』
『嘘、マジ? なんで?』
『なんかー、堺井くんが二股(ふたまた)?してたらしい。2組の泉宮さんとも関係持ってたとかなんとかー』
『え〜浮気とかヤバ。上月さんカワイソー。だけどぶっちゃけ泉宮さんのが可愛いし、本命はそっちだったんだろうね』
『絶対そうでしょ。泉宮さん、たしか社長令嬢(れいじょう)だったし、釣り合いもとれてるよね』

　別れたという噂は、私たちが実際に別れる1ヶ月前に広まっていた。
　そんなこと、あの日、教室に入るまで私は知らなかった。
　みんなから憐れみのような視線を浴(あ)びて戸惑った。
　仲のいい子が教えてくれた。
　遼くんが2組の泉宮紗世さんと浮気していて、私たちは、ケンカになって別れた。
　——そういうことになっている、と。

　わけがわからなかった。
　その時点で、遼くんが泉宮さんとも付き合っている……という真偽(しんぎ)が定かではなくても。
　ケンカも、別れ話も、した覚えがなくて。
　なのになぜか、みんなの間では別れたということになっ

ている。
　何を信じていいかわからなくなった。
　クラスメイトから、遼くんと泉宮さんが２人で写っている写真を複数枚見せられた。
　遼くんに話したら否定された。
『俺は、はのんだけ』
『信じてほしい』
　大好きな人を疑いたくはないけど、心から信じることもできなくて。
　そんな自分が嫌だった。
　いったん距離を置こうとした。
　――あの出来事は、そのすぐあとに起こった。

　無理やり連れ込まれた薄暗い部屋の中。
　複数人の男の笑い声。
　ベタベタと容赦なく触られる肌の感触。
　――怖い。
　――気持ち悪い。
　助けて。
　一番に頭に浮かんだのは遼くんの顔。
　だけど一番、呼んではいけない相手。
　だって私は、遼くんと付き合った罰として、ここに連れてこられたんだから。
　助けて。
　――遼くん。

「……遼くん」
　熱いものが込み上げてきた。
　すると、温かい手のひらが私の手を包み込んで。
「……遼くん……？」
　そっと目を開ける。
　ぼんやりとした世界、白い天井(てんじょう)、その手前に誰かの影が映る。
　触れてくる手が優しくて。
　無意識にぎゅっと握り返した。
　すごく安心した気持ちになった。
　心地よくて、もう一度目をつむる。
　すると薬品のにおいがツンと鼻をついて。
　——ハッとした。
　現実に意識が引き戻された。
「上月」
　耳に届いたのはよく知った声。
　目に映ったのは——。
「……なか、しまくん」
　ひどく不安そうで、どこか悲しい顔をした人物。
「ごめん、"遼くん"じゃなくて。……大丈夫か？」
　中島くんは手をほどくと立ち上がった。
「喉(かわ)乾いたろ、水持ってきてやる」
「……あ」
　返事を待たずに背を向けて、カーテンのあちら側へ消えてしまった。

1人になる。
静かな空間。
文化祭で騒ぐ声が少し離れた場所から聞こえる。
ゆっくりと上半身を起こして中島くんを待った。
……早く、戻ってこないかな。
頭の中を整理する。
今はまだ、文化祭の最中。
どれくらい時間が経っているのかは、わからない。
ここは保健室。
あの2人に──紗世さんと悠人さんに会ってからの記憶があまりない。
どうやら倒れた……らしい。
ここに寝かされているということは、たぶんだけど、中島くんが運んでくれた……のかな。
情けないところ見せてしまった。
弱いところを知られてしまった。
過去の出来事なのに、思い出すだけで震えてしまう。
いつまでも立ち直れない自分が嫌だった。
そのことを知った人たちに、気を使わせてしまう自分が嫌だった。
きっと中島くんにも"可哀想な女"だと思われる。
でも、可哀想じゃない。
悪いのは私だから。
お願いだから同情しないで。
私のされたことを知ったからって、距離を置かないで。

……いつもと変わらずにいて。

　時計の秒針が規則的にリズムを刻む。
　もう同じ数字のところを３回は通った。
　水を持ってくるだけのはずなのに。
　冷水機は、保健室のすぐ横に設置してあるはずなのに。
　……遅いよ。
　不安が募る。
　無性に寂しい。寂しくて寂しくてたまらない。
　どうしてこんなふうになるのか、わからない。
　それからさらに３分ほど経って、保健室の戸が開く音がした。
　たった数分間１人にされただけなのに。
　10分にも満たない時間だったのに。
　ベッドの横のカーテンからようやく顔をのぞかせた中島くんを見たら、なぜかポロポロと涙がこぼれてきた。
「……上月？」
　びっくりさせてしまう。
　なのに涙は止まってくれない。
「どうしたの、上月」
　信じられないくらい優しい声。ちょっとだけ焦った響きも混じってる。
　そのまま紙コップを隣の台に置いて、そっと背中をさすってくれた。
　その優しさに甘えてしまいたくなる。

熱があるときみたいに頭のブレーキがゆるんでいく。
「……遅かった……っ、から」
「えっ？」
「中島くん、水持ってくるだけなのに、……全然戻ってこないから……っ、私のこと忘れてどっか、行っちゃったのかな、とか……」
　わかってる、めちゃくちゃなこと言ってるって。
　中島くん、戸惑うに決まってる。
　恥ずかしい……のに、自分でも抑えがきかない。
　困らせちゃいけないのに。
「ごめん」
　ぎゅっと抱きしめられた。
「遅くなってごめん」
　胸が苦しくなる。
　よけいに涙が溢れてくる。
「俺、ここにいるから。……大丈夫だから」
　きっとあんな夢を見たせいだ。
　心の中で何回叫んでも、あのとき遼くんは来てくれなかった。
　私がどうしてるかなんて知るはずもないんだから、当然のことだけど。
　心のどこかでは助けに来てくれるって信じてた。
　こうやって、大丈夫って言って優しく抱きしめてくれることを願わずにはいられなかった。

『はのん。なんで電話に出なかったの』
　——出られる状況じゃなかったの。
『何してたの?』
　——言えるわけない。
『なんで黙ってるんだよ。俺に言えないようなことなんだ?』
　——言えないよ。でも、違うの。怒らないで。
　遼くんのことが好きなのは本当だよ。
　信じてよ。
　でも、もう、それも言えなくなってしまった。
　離れなきゃいけない。
　少しずつ気持ちを消していかなくちゃいけない。
　だけどその前に、最後の思い出を1つだけ——。

「落ち着いた?」
　中島くんに聞かれてうなずいた。
　そっと離れていく甘い香り。
「水飲む?」
　差し出された紙コップを受け取った。
　ありがとうって言葉は、かすれてしまい、うまく声にならなかった。
「会長に事情を話しといたから、仕事のことは心配しなくていい。……事情つっても、あいつらのことは話してない、なんとなく……そっちのがいいかと思って」
　あいつら、とは、たぶん紗世さんと悠人さんのこと。

それはすごくありがたかった。
　……遼くんは、あのことを知らないから。
　私が、2人にひどいことをされたなんて、夢にも思ってないだろうから。
「上月」
「うん？」
「俺が遅くなったのは、これ取りに行ってきたから」
　……これ？
　中島くんが机に置いたのは、長方形のかたちをしたピンク色の紙と、黒マジック。
　紙の上のほうに、パンチで開けたと思われる小さい穴があった。
「せっかくの文化祭なんだし、ちょっとは参加しとかないと損だろ」
　紙とペン。
　これだけじゃ何をするかわからない。
　でも。
「短冊みたいだね」
　七夕の日、笹(さき)に結びつけてお願いごとをするもの。
「そー。七夕もどきのイベントやってたから取ってきた。このピンクは、恋愛の願いごとを書く紙」
「恋愛……」
　思わず中島くんの目を見ると、どうしてか逸らされた。
「……だから書いとけば？」
「えっ？」

「……【遼くんと結ばれますように】って」
「……っ」
　……そんなの。
　無理だよ。
　ううん、その前に望んでない。
　……いや、それも嘘。
　私が遼くんと結ばれるのはダメなことだけど、私が紗世さんだったらよかったのに……ってずっと思ってた。
「願うのはタダだし。それにムカつくだろ、あんなクソみたいな女の思いどおりって」
　相変わらず私の目を見ない。
　やっぱり気を使わせてしまっているのかな。
「ほんとは俺が………」
　そう言いかけて、中島くんは言葉を切った。
　さっきから優しい中島くん。
　調子が狂ってしまう。
　どうせ知られてしまったのなら、全部話してしまいたい。
　中島くんが知ったのはほんの一部分。
　紗世さんの言ったことは"だいたい"合ってる。
　本当は、少しだけ……紗世さんも知らない事実がある。
　この紙に願いごとを書く前に、誰かに聞いてほしい。
　——ううん。
　中島くんだから……中島くんに、聞いてほしいと思った。

「さっき会った女の人は、紗世さんっていう名前で、……

遼くんの婚約者なんだよね」
　突然話し始めた私に、中島くんは驚いた顔をした。
　そして制するように「無理して話さなくていい」と言ってくれた。
　それを無視して話を続けると、黙って聞いてくれた。
　うつむいて、私の目を見て、また逸らして。
　ときどき、話を受け止めるように静かに相づちを打ってくれた。
　遼くんのお父さんは大病院の院長で、遼くんも将来はそれを継ぐことになっていること。
　紗世さんという婚約者がいながら私と付き合って、家族に反対されたこと。
　付き合っている間は、それを私にずっと隠していたこと。
　別れたというデマを流したのは紗世さん。
　それは紗世さんから直接教えてもらった。
　私が遼くんと付き合っていたら、遼くんの家族どころか、親戚までめちゃくちゃにしてしまうと。
　私が一緒にいれば、彼の将来を潰してしまう。
　同じ高校、同じ大学に行くなんて夢は捨てろと。
　遼くんはたしかに私のことを好きかもしれないけど、付き合っている限り、確実に無理をすることになると。
　本人が黙っているだけで、本当は家に帰るとお父さんに『別れろ』と、毎晩怒鳴られているんだと。
　そして紗世さんの顔にも、紗世さんの家にも泥を塗ることになるんだと。

——別れなくちゃいけないと思った。

　だけどそれを遼くんに伝える間もなく、放課後——。

　数人の男子に周りを囲まれたかと思えば無理やり暗い部屋へ連れていかれた。

　その中に、紗世さんの兄である悠人さんがいた。

　ああそういうことかって、私は一瞬にして悟った。

　悠人さんは明るい紗世さんに比べて、本当に兄妹かと疑ってしまうほど寡黙な人だった。

　静かすぎて、何を考えているかわからない。

　それが逆に怖かった。

　悠人さんは私が部屋に連れ込まれるなり、感情の読めない声で言った。

　本当はこういうことはしたくない。

　紗世がこういうふうにしろと言ったから仕方なくやっているだけ。

　だけど家のことを考えたら、君にはやっぱり少しだけ痛い目に遭ってもらわないといけない——と。

　それはいわゆるレイプと呼ばれるもの。自分がその対象になるとは夢にも思っていなくて。

　もう終わったと思った。

　実際、最後まで遼くんが来てくれることはなかった。

　複数人に体を容赦なく触られる。

　悠人さんがスマホを構えて写真を撮る。

　——もうどうにでもなれとなかば諦めかけたとき。

第4章　甘いホンネ ≫ 277

『そのくらいでいい』
　スマホを下げた悠人さんが、突然そう言った。
　周りの男子たちが手を止める。
『紗世にはちゃんと"言われたとおり最後までした"と伝えておく』
『だから君も、"最後までやられた"ということにしておけ』
『これ以上のことをされたくなければ早く別れることだな』
　──途中でやめてもらえたからといって、傷つかないわけではない。
　数日前までは、遼くんとずっと一緒にいられると思っていた私の心はズタボロで、その日はどうやって家に帰ったのか覚えていない。
　紗世さんには、遼くんにこの出来事を話すことを禁止された。
　もし遼くんに話したら、写真をばらまくからと。
　黙って別れるしかなかった。
　──『もう好きじゃなくなった』と、嘘をついて。

「だから遼くんは何も知らない。私がただ一方的に別れようって言っただけ」
　あっという間に引き裂かれて、心の傷はなかなか癒えなかった。
「遼くんがなんて言おうと、離れるって決めてた。……だけど最後に、思い出が欲しくて──」
　──他の人に触られたことを忘れさせてほしくて。

「遼くんに、頼んだんだ」
　間を空けて「何を」と言った中島くんは、尋ねるというより確かめるという感じの、なかば確信を持った聞き方をしてきた。
　私が口を開こうとすると、なぜか悲しい目をして「やっぱ、いい」とこぼした。
「……それだけ、だよ。なんか、話すとあっけないね」
　中島くんはしばらく何も言わなかった。
　うつむいてる。
　何を考えているかわからない。
　私は中島くんが持ってきてくれたマジックペンを手に取った。
　それからピンクの紙。
　よく見ると、２枚重なっていた。
「中島くんに話せてよかった。……ありがとう」
　マジックのキャップをパカッと外す。
　不思議と気持ちは穏やかだった。
　ずっと思い出にしたくて、できていなかったこと。
　これでやっと解放された気がした。
　――だからもう、自分に対してのお願いごとなんていらないかな……って。
　今はそれよりも、隣にいて静かに話を聞いてくれた中島くんの存在に助けられたっていう感謝の気持ちが大きくなっていた。
【中島くんが、好きな人と結ばれますように】

私がペンを置いたのを見計らうタイミングで、ゆっくりとピンクの紙をのぞき込んだ中島くん。
　直後、ガタガタッと慌ただしい音を立てて立ち上がる。
「……な、何書いてんの」
　よほどびっくりしたみたいで、ほっぺたが若干、赤く染まってる。
「何って……。中島くん、好きな人いるんだよね？」
　直接聞いたことがあるから、否定できないはず。
　中央区で、すっごく可愛い女の子と歩いてたって話を聞いてたし。
　ちょうどその日は、大事な用事があるって言って帰った日だったし。
　中島くんには中央高校に通ってる幼なじみがいるみたいだし。
　それだけの情報がそろってるんだから、言い逃れはできないよね？
「宇宙一可愛いって、自分で言ってたじゃん」
「う……、ん」
　あいまいにうなずくと、頭を抱えてその場にしゃがみ込んでしまった。
「そーゆーとこだよ……お前」
　なんて、軽く睨まれた。
「だったら俺は。こう書くしかないってこと？」
　こうって……どう？
　首を傾げる。

マジックを手に取った中島くん。
　まだ何も書かれていないピンクの紙を、自分のほうにスライドさせた。
【上月が、幸せになりますように】
　ケンカが強くて、ゾクに入ってる不良とは思えない綺麗な字。
　見た瞬間、ドクドクッと心臓が妙な音を立てた。
「……へ、ヘンなことしないでよっ！」
　無意識に声を荒らげてしまう。
「はあ？　なんで怒んだよ」
「っ、だって……中島くんが優しいと気持ち悪いんだもん」
　正直な気持ち。
　いつもの口の悪い中島くんのほうが、わかりやすくて私は好き。
「人の親切をなんだと思ってんの」
　ほっぺたをぐいっとつままれる。
　痛い……けど。
　やっといつもの調子。
　いつの間にか、こんなやり取りも悪くないかもって思えてくるから不思議。
「上月って、どこもかしこもやわらかいよな」
「ええっ……なにそれ。太ってるってこと？」
「そうじゃなくて。前も言ったけど、ちょーどいいって意味」
　ふと視線が絡む。
　思ったよりも近かった。

ドキッとする。
　なぜかとっさに逸らしてしまった。
「ねえ上月。デートしよ」
　……って。またその話？
「1回断ったよね」
「保健室で優しく付き添ってやったのは誰？」
「う……」
　好きな人がいるのに私とデートしようとかいう思考は相変わらず理解できないけど、考えるより先に、どうしてか。
「いいよ」
　なんて言ってしまった。
　ハッとして慌てて付け加える。
「こ、今度の実力テスト、遼くんに勝てたら……いいよ」

宣戦布告

　遼くんにテストで勝つってこと、イコール学年１位になるってこと、イコール不可能なので、絶対にデートはなくなる。
　……ってこと、なはず、だけど。
　──文化祭明け。
　隣の机でガリガリとノートに向かっている人がいる。
　浦本くんたちが休み時間に話しかけても『あとで』なんて断って。
　ときおり、禁煙キャンディーを噛み砕きながら。
「ねえ、ちょっと休憩したら……？」
　私が声をかけると、一応手を止めてこちらを見てくれる。
「はのんちゃんが煽ったせいで、こうなってんだろ」
　……煽った覚えはないんだけど。
「そんなに私とデートしたいの？」
　冗談っぽく聞いてみれば。
「……うん」
　と、やけに素直な答えが返ってくるので対応に困った。
「そーいえば、堺井に言ったから」
　突然、なんでもないことのようにそう言われて、一瞬血の気が引いた。
「言ったって……まさか──」
「堺井に勝ったら上月とデートするって」

「……ええっ？」
　なんだそっちか、ってホッとするも、驚きは隠せない。
「それ、わざわざ言う必要ある？」
「ある」
「なんで……」
「嫌がらせ」
「えっ？」
「上月、俺とデートするって堺井に知られるの嫌だろ」
　……なにそれ。
「中島くんて何考えてるかわかんない」
「わかんなくていい」
　バサッと切られる。
「ていうかっ、勝てるわけないじゃん……遼くんは全国模試でもトップクラスなんだよ？」
「お前、頭いいヤツが好きなの？」
「はあ？　なんでいきなりそんな話になるの」
　噛み合わない会話。
　このままじゃキリがないと思ったとき、ミカちゃんが自分の席から私の名前を呼んだ。
　立ち上がる。
　背中を向ける前になんとなくもう一度中島くんに目を向けると、なんだか浮かない表情をしていた。

　──テスト前日。
　夜に遼くんからメッセージが届いた。

開く前に緊張してしまう。

テスト直前に送ってくるなんて珍しい。

何か緊急の用事なのかな……。

そう思いながら通知をタップすると。

【近々、ゆっくり話したいことがある】

そんな文面が現れた。

これ以上遼くんと距離を縮めるのはいけないとわかっているのに、まだはっきりと断れない自分がいる。

なんだかんだで一緒にいたいと思ってる。

同じ高校にいるせいで、会おうと思えばいくらでも会うことができる……それがいつまで経っても完全に切り離せない原因になっているのかもしれない。

【わかった】

そう返事を打った。

テスト期間中は遼くんも集中したいだろうし、テストが終わった1週間後の金曜日の放課後に、会うことになった。

テスト期間は3日間。

午前中に3時間テストを受けたあとは、そのまま帰宅できるから、なんだかんだ嫌いじゃないけれど、1日目、2日目が終わり、3日目ともなると、なんとなく疲労が溜まってきていた。

全部の教科が終了(しゅうりょう)する頃には、ぐったり。

3秒でも目を閉じれば、そのまま寝てしまいそう。

それは隣の中島くんも同じようで。

——いや。
「るーきー。おーい？」
　いつものように男子が群がってくる。
　声をかけられた本人は、机に突っ伏した姿勢のまま動かない。
　——寝てる。
　肩をわずかに上下させながら。
　みんな「起きろー」と口々に言ってるけど、中島くんは疲れてるだろうから、少しくらいゆっくり休ませてあげればいいのに。
　と、思った矢先。
「テスト終わったらすぐ中央高校に行くっつってただろー、いいのかあ？」
　聞こえてきた"中央高校"という単語につい反応してしまう。
　それって……。
　中島くんの幼なじみが通ってるところ。
　中島くん、テスト終わって早々、好きな人とデートするの……？
　言いようのない重たい気持ちが、胸の中にモヤッと広がった。
　男子の言葉に、ハッとしたように頭を上げた中島くん。
「……やっぱ」
　そう言うなりすばやく荷物をまとめて、男子たちに軽くあいさつをすると教室を出ていってしまった。

……私のこと、一回も見なかった。
　そりゃあデートなら相手を待たせるわけにはいかないし、急いで当然だけど。
　私とデートしたいの？って聞いたら、うん、って言ったくせに。
　──やっぱり。
　あれも冗談だったってことか。
「はのん〜。やーっと終わったね、テスト！」
　顔を上げると、帰り支度を終えたミカちゃんがカバンを持って立っていた。
「帰ろ帰ろ！　家についたらソッコーで寝たい」
「うん、だね」
　パッと笑顔をつくって答えた。
　やめたやめた。
　どうせ嘘つきで軽薄で猫かぶりな中島くんのことだから、期待なんて、持つだけ損………。
　そう思った自分に、えっ？とストップをかける。
　──なに、"期待"って……。
　ドク、と胸がヘンな音を立てた。
　だけどじっくり考える暇もない。
「あっ」
　というミカちゃんの声。
　それとほぼ同時に、ガチャンと何かが床に落ちる大きな音がした。
「うわっ、スクバが当たっちゃった」

足元を見ると、シャーペンや消しゴムが散らばっていた。
それは私のものではなく。
フタが開いた状態で落ちているのは、某コーラ会社のロゴがプリントされたペンケース。
「中島くん、忘れて帰ってるじゃん」
かがみ込むミカちゃん。
私も一緒になって拾い上げる。
ペンケースを忘れて帰るなんて、よっぽど慌ててたんだなあ……。
ひととおり拾って、ペンケースに手を伸ばすと、中に何か紙切れのようなものが入ってるのが見えた。
大きいのと、小さいの。
取り出してみて、びっくりした。
1つは付箋。
まとまっているものではなく、前に中島くんに板書のコピーを渡したとき、自分のプリント類と間違わないように私が貼り付けていたもの。
【中島くんの分】といつもの私の字で書かれているから間違いない。
……どうしてこんなものを？
中島くんてもしや、筆箱をゴミ箱にしちゃうタイプのズボラな人間だったりするんだろうか。
いや、でもそんなふうには……。
そう思いながら、もう1つの紙に手を伸ばす。
そちらは丁寧に折りたたまれていた。

取り出してみると、内側はピンク色のようだ。
これは記憶に新しい。
文化祭のイベントでお願いごとを書いた用紙だ。
——だけど。
あのあと、私たちは保健室を出て会場である中庭の木に結びに行った。
中島くんが結んでいるのも、この目でしっかりと見た。
……じゃあ、これは？
黒マジックが、ところどころ裏写りしている。
勝手に見るのはいけないと思いながらも、知りたい気持ちが先走って、つい開いてしまった。
「——っ」
ドキン！と大きな音が鳴る。
それを合図に鼓動が加速していく。
「はのん？　どうかした？」
「っ、いや！　なんでもない！」
慌てて元のように折りたたんで中にしまった。
……これは、どういうこと？
顔が熱くなる。

帰り道、ミカちゃんとテストの話をしていた気がするけど、正直話に集中できなかった。
家に帰っても、熱があるのかと疑ってしまうほど、ぼんやりとしてしまう。
たった一瞬、見ただけなのに。

【上月が俺を見ますように】
　中島くんの綺麗な文字が、頭の中に焼きついて離れなかった。

　おかしい。
　おかしい、おかしい、おかしい。
「上月、何点だった？」
　やわらかそうな髪が揺れる。
「……おい、無視すんな」
　綺麗な黒目が私をのぞき込んで。
「見せろよ」
　大きな手が私に触れると。
「……っ、離して！」
　どうしてか胸が苦しいくらいにぎゅっとなる。
　心臓がドキドキうるさい。
　それを誤魔化したくて、大きな声が出てしまう。
　目を合わせられない。
「見て。俺100点だったよ」
　またドキッとする。
　今日返却されたのは数学。
　いくら中島くんにはレベルが低いであろう平均偏差値の高校とはいえ、ラストのほうには発展問題が用意されているから、100点なんて簡単に取れるものじゃない。
　……すごい。そう思うのに——。
「ふうん」

って、そっけない返事になってしまう。
違うのに。ほんとは……。
中島くんは何か言いたげに見つめてきたけど、私が気のない返事をするからか、休み時間になると席を立ってどこかへ行ってしまった。
考えても考えてもわからない。
中島くんは、幼なじみの女の子が好きなんだよね？
だとしたら、あのピンクの紙に書かれてた意味って何？
思い出すと顔が熱くなってくる。
考えれば考えるほど、あれは、疲れていた私の幻覚だったんじゃないかって気がしてくる。
本当はただの紙切れで……って。
隣の机には、ペンケースが乗っていて、手を伸ばせば簡単に届く距離。
もう一度見てみたい。
もちろん目を盗んでペンケースをのぞくような、そんな真似はしないけど。
ちゃんと知りたい……って思った。

中島くんとうまく接することができないまま時は流れて、遼くんと話す約束をした金曜日がやってきた。
そして今日は、テストの順位が配られる日でもある。
終礼の時間に、担任の先生から成績表を手渡されるんだ。
中島くんの点数は、数学しか知らない。
100点だと言って私に見せてきたのは一度きり。

他の教科は、そんなによくなかったのかな……。
　ううん、それとも。
　私がわざとじゃないけど、そっけない態度を取るから言わなかっただけかもしれない。
　怒ってるかな。
　それとも、もう……愛想を尽かされてるのかな。
　中島くんは人気者だから、あっちから話しかけてもらえないと、私が話すタイミングはすべて周りの男子に奪われてしまう。
　どう思われているのか気になってしょうがない。
　そもそもあの約束が──遼くんに勝ったら、デートするっていう約束が本気だったのかもわからない。
　……忘れていたりして。

「きりーつ」
　キーンコーン…と間抜けなチャイムを合図に、終礼の号令がかかった。
　教卓の上には人数分の成績表がすでに置かれていた。
　緊張する。
　考えているのは、自分じゃなくて中島くんの結果のこと。
「出席番号順に取りに来てください。受け取った人から帰っていいですよ」
　先生がやる気のない調子でそう言うと、若い番号の生徒たちが立ち上がり始める。
　中島くんは「な行」だから、私よりもあとに受け取るこ

とになる。
　自分のを受け取ったあと、なんとなく席に戻るのが気まずくてミカちゃんの席に逃げた。
　次々に名前が呼ばれていく。中島くんの番が回ってくるのはあっという間だった。
「次、中島ー」
　そんな先生の声と同時、教室の前の戸が開いた。
「……はのん」
　顔をのぞかせた人物とすぐに目が合う。
「ごめん、ちょっと今からでいい？」
　人目を気にしながら駆け寄る。
「俺から誘ったのに急がせてごめん。今日塾は休みだったんだけど、急遽、家の用事ができて……」
　どうやらあまり時間がないらしい。
　わかったとうなずいて教室を出る。
　中島くんのことが気になったけど、あえて見ないようにした。
「時間ないから、ここでいい？」
　遼くんが足を止めたのは、比較的ひと気の少ない廊下の片隅。
　いつもみたいに、ニコニコと優しい笑顔は、そこにはなくて。
「……俺、2位だったよ」
　──えっ？
　予想もしていなかった言葉に動揺して声も出なかった。

……ということは。
「あいつと、デートするの？」
　心臓が大きく跳ねる。
　嘘。本当に？
「……行かないで」
「えっ？」
「今まで余裕あるふりしてたけど、中島に、はのんを取られると思うと、焦って何もできなくなる」
　遼くんの手が伸びてきて背中に回る。
　この感じ……すごく懐かしい。
「そのくらい、はのんのことが好きなんだ」
　遼くんが私に触れる手つきはいつも優しい。
　――中島くんみたいに強引じゃない。
　全部を包み込むようなハグ。
　こうされると、どんなときだって安心できた。
　遼くんにこうされるのが好きだった。
　なのに私は固まったまま。
　自分の手を遼くんの背中に回すことができない。
　モヤッとしたものが心の中に生まれる。
　突然のことにびっくりしたから？
　ううん、違う。
　遼くんのことが、好き――だった。
　ほんとは、ちょっと前から気づいていたかもしれない。
　遼くんからメッセージが届いても、遼くんに抱きしめられても。

考えてるのは、中島くんのことだって。
　　ああなんで、こんなタイミングで。
　　でも、ちゃんと言わなくちゃいけない。
　　大好きだった人に、嘘はつきたくないから。
「……遼くん。私は──」

嘘つき　〜side琉生〜

　成績表をすぐに見ることはできなかった。
　受け取った瞬間、騒ぐクラスメイトが集まってきて、教室の戸が開いたことに気づけなかった。
　見せろよ、とみんなが口々に言う。
　本当は1人で確認したいと思いつつも、この状況では逃れようもなくて。
　開く前に笑顔をつくった。
　もし受け止めきれない結果だったときに困るから。
　四角い枠(わく)の、一番右。
　心臓が大きく跳ねた。
　──上月。
　すぐに姿を探す。
　だけど、見当たらない。
　目に入った上月の友だちに近づいた。
「上月は？」
　席にはまだ荷物が置かれたまま。
　なんとなく嫌な予感がした。
「はのんなら、生徒会長に呼ばれて出ていったけど……」
　気づいたら駆け出していた。
　2人がどこに行ったかもわからないのに。
　焦っている姿をどこか客観的に見ている自分がいた。
　なんで1人の女にこんなに執着してんだよ。

バカみたいだろ。
　たった1人の言動に、一喜一憂して、振り回されて、余裕もなくなって。
　……ほんと、ダサいよな。
　ダサいってわかってんのに。
　なんで……止められないのかな。
　そんなことを思いながら廊下の角を曲がったとき、偶然にも、探していた後ろ姿が目に飛び込んできた。
　──だけど、それ以上は近づけなかった。
　息が止まった。
　はのんが、あの男に抱きしめられてる。
　……ああ、そういうこと、って、妙に冷静な頭の中。
　最近、やたら俺から距離を取ろうとしていたのも、全部納得がいった。
　本当は冷静でもなんでもなくて、目の前の現実が受け入れられないだけ……。
　刺すような胸の痛みが嫌でもそれを教えてくる。
　──やっぱりいらない。
　欲しくなったらダメだ。
　制御できなくなる。
　そばにいないとダメな体になってしまう。
　傷つけてでも、一緒にいてほしいと、そんなことを思ってしまう前に。
　──俺の悪いクセが、出てしまう前に離れないと。
　いらない。

いらない。
どうせ手に入らないものなんて、どうせ終わりがくるものなんて。
今ならまだ大丈夫、………引き返せる。
――静かに一歩、退いた。

教室に戻ってきた上月の顔は、ほんのりと赤く染まっていた。
ここ最近は目もろくに合わせようとしなかったくせに、何か言いたげな目で俺を見てくる。
「あの、中島くん」
目を逸らした。
お前の幸せな話なんて聞きたくない。
"上月が幸せになりますように"なんて、あのとき願わなきゃよかった。
「あのね、デ、デートのことなんだけど――」
「もーいい」
遮るタイミングで低い声を出したのは、その先を聞く勇気がなかったから。
どうせ断られる。
もしかしたら、約束だからと気を使ってくるかもしれないけど。
「えっ……でも……」
明らかに戸惑った声を出してるけど、本当は、安心してんじゃないの？

好きな人とじゃないと、そういうことはしたくないって言ってたもんな。
「ていうか。本気にしてたの」
「……え？」
「お前とデートしたいとか、冗談に決まってるだろ」
　頭にセリフを書いてなぞった。
　嘘でも、嘘で固めれば、いつか本当になるから。
「じゃあ俺、用事あるから」
　最後まで目を見られなかった。
　どんな顔をしているのかわからない。
　もう、知る必要もない。
　向かい合ったところで、どうせ俺もひどい顔をしてるんだから。
　人に優しくするのは簡単だけど、自分から優しくしたいと思うのは初めてだった。
　優しくできなかったのも、初めてだった。
"まだ大丈夫"なんて嘘だ。
　もう手遅れ。
　本当は、張り裂けそうなくらい胸が痛い。

秘密

私の恋は叶わないようにできているらしい。

だからと言ってすぐに忘れられるわけじゃないのが悲しいところ。

一度自覚してしまった気持ちは、結局伝えられないまま奥のほうでくすぶり続けた。

——ある日の放課後。

生徒会の集まりのあと、遼くんに声をかけられた。

気まずかったけど、きちんと向き合わなくてはいけない相手。

なんの話だろうと緊張しながら耳を傾けると、遼くんの口から出てきたのは予想もしていない言葉だった。

「中学のときのこと、全部聞いた」

「——えっ?」

「ずっと、おかしいと思ってたんだ。俺たちの別れた流れは、誰かが仕組んでたみたいにうまくできすぎてるって」

ドクンと心臓が嫌な音を立てる。

「紗世の兄貴を問い詰めたら、ようやく口を割ったよ」

どうしよう、と怖くなった。

優しい遼くんは、きっと——。

「ごめん、はのん。本当にごめん」

ほら、そうやって泣きそうな顔で頭を下げる。

「守ってあげられなかった。気づいてさえあげられなかった。一番、大切にしたかったのに、傷つけた……」
「大丈夫だよ、遼くん」
　私も胸が苦しくなってくる。
「ありがとう。遼くんのそういうところが、すごく好きだったよ」
　昔を思い出すと、まだ少し胸が痛む。
　でももう大丈夫って思えるのは、中島くんがいてくれたから。
「遼くんは私にとって、ずっと大切な人だから。自分を責めないで、幸せになってほしい」
　そう言うと、遼くんはゆっくりとうなずいた。
「紗世にはしっかり話をつける。婚約のことは、そのあとに俺の意思で決めようと思う」
　自分の生き方を貫くところ、遼くんらしいなと思った。
「じゃあ、はのんも、中島と幸せに」
　もし傷つけられたら、すぐ助けに行くからと付け足して、遼くんは私に背を向けた。

「最近、ため息ばっかりついてるよね〜」
　その数日後、いつものように向かい合ってお弁当を食べていたら、ミカちゃんが探るような目を向けてきた。
「……え、そうかな」
「まあ、イケメンでも見て元気出しなって！」
　そう言いながらカバンの中から雑誌を取り出して、私の

前に広げてみせる。
　見せられたページには、ざっと数えて20人ほどの男性の顔写真が載っていた。
　今年ブレイクした俳優たちの人気ランキングをまとめたものらしい。
「はのんは誰が好き？」
　誰が、と聞かれても、芸能人に疎い私は、どの人がどのような演技をするのかとか、細かいことはわからない。
「うーん……この人とか？」
　なんとなくの雰囲気で選んだ顔を指さすと、「へえ……」と興味深そうに見つめるミカちゃん。
「この人、中島くんに似てるね！」
「っ、ええ!?」
　もう一度確認しようと、慌てて雑誌をのぞき込んだけど、サッと奪われてしまった。
「やっぱりね～。そうだと思ってたんだ」
　ニヤリと笑われてドキッとした。
「誤魔化しが、いつまでもあたしに通用すると思ってるのかな～？」
　わざとらしく語尾を伸ばしながら問い詰めてくる。
　……やられた、と思う。
　きっとミカちゃんは、最初からこのセリフを言うつもりで雑誌を広げたんだ。
「う……」
「気づかないわけないじゃん？　はのんのこと見てればわ

かるよ」
「……わ、私が中島くんを好きだって……？」
　声を落として確認する。
「うん。やっと言ったね」
　中島くんが好きだと口にしたら、いっきに気持ちが溢れてきそうになった。
　それと同時に、ミカちゃんに受け入れてもらえたことで、安心したりもして。
「ごめんね。本当はもっと早く言えればよかったんだけど、じつは、中島くんのパシリには、自分からなったたわけじゃなくてね──」
　本当はずっと言いたくて仕方なかったのかもしれない。
　話し始めると止まらなかった。
　中島くんの煙草のことも、遼くんへの気持ちも、全部。
　ミカちゃんは少し驚いていたけど、最後には「応援する」と言ってくれて、とても励まされた。
　だから私も、がんばろうって思った──のに。
　中島くんとまともに会話をしないまま、12月がやってきて、席もバラバラになってしまった。
　クラスメイトと笑い合ってる声が聞こえてくると切ない気持ちになる。
　その笑顔を私に向けてほしいと思ってしまう。
　……でもあっちは、最初から私のことを異性としてみていなかった。

——いいかげん諦めなきゃ。
　できるだけ視界に入れないように過ごしていたある日。
　突然、中島くんが学校に来なくなった。
　それも、ただの風邪ではないようで、クラスメイトは暗い顔をして中島くんのことを話していた。
　聞き耳を立てていると、"入院"という単語が聞こえてきてビクリとした。
　関わらないと決めていたけど、これはさすがに黙っていることもできなくて。
　中島くんが来なくなって1週間ほど日の経った休み時間に、浦本くんが1人で教室を抜けたのを追いかけて引き止めた。
「あの、浦本くん……！」
　この人なら私も話したことあるし、詳しいことを教えてくれるんじゃないかと期待して。
「中島くん、入院したって聞いたんだけど……」
　私がそう言うと、浦本くんはいったん気まずそうに目を逸らしながら。
「あんま大きい声では言えねぇんだけど」
　という前置きをして話してくれた。
「族のケンカで、重傷負ったみたいでさ……」
「重傷っ？」
「あー。別に命とかには全然問題ないらしい。意識もちゃんとあるし。けど、傷が深くて縫ったりしてるとか」
「……そうなんだ」

入院するほどの傷って……いったいどんなケンカをしたらそんなことになるんだろう。
　本当に大丈夫なのかなと不安にもなるけど、事情が知れてよかったと少し安心する。
　浦本くんに「ありがとう」とお礼を言うと、「待って」と引き止められた。
「……見舞い、行ってみる？」

　何度も断ったのだけど結局押しきられて、放課後、一緒に中島くんが入院している病院に行くことになってしまった。
　行きたくないといえば嘘になる。
　１週間も顔を見ていないんだ。
　会いたい……けど会いたくない。
　矛盾した気持ち。
　私は、無事な姿をひと目でも見ることができればそれでいい。
　だけど、私が行って、中島くんの気分を害してしまうことはないんだろうか、とか。
　帰れと言われたらどうしよう、とか。
　そんなマイナスな考えばかりが、頭の中をぐるぐるしてしまう。
　浦本くんと２人で行くのかと思えば、一度、顔を合わせたことのある文化委員の灰田くんと、文化祭で中島くんのうさぎの着ぐるみをつくったという朝海くんが昇降口で

待っていた。
　朝海くんの髪色は明るくて、身長もスラッと高くて、初めはとても裁縫をするような人には見えなかったけど、話してみるとすごく穏やかで落ち着いた人だった。
　話を聞けば、10歳年下の義妹さんがいるらしい。
　病院までは灰田くんが案内してくれることになった。
　なんせ、普通の病院ではないっていう話。
　どういうこと？と思いながらついていくと、西区の繁華街から少し入り込んだところに一見普通のビルに見える建物の入り口にたどり着いた。
　看板もなく、どこにも【病院】とか【クリニック】という文字は見当たらない。
　本当にこんなところに中島くんがいるの？
　灰田くんがインターホンを押すと、しばらくして扉が開いた。
　中から出てきたのは、私たちと同い年くらいに見える男の人だった。
　とても静かな空気をまとっている。
「よお、本多くん」
　灰田くんが相手に向かってそう言った。
　ホンダくんと呼ばれたその人の右腕には包帯が巻かれていた。
「先生は今いないよ」
　パッと見たイメージどおりの、落ち着いた低い声。
「見舞いに来たんだ。入っていいか？」

返事を聞く前に、本多くんの横を通ってみんな中に入っていく。
　——だけど。
「琉生なら、さっき退院した」
　その声に足が止まる。
「マジかよ」
「ほんの5分ほど前に出ていった。明日から学校行くんじゃない？　退院祝いにコーラでも買ってやりなよ」
「……おー。そうするわ」
　そう答えつつ、踵を返すことはしない。
「せっかく来たんだから、ちょっと休ませてくれ」
「本多。この子は、上月はのんチャンな」
　中島くんがいないのなら、私はいる必要がない。
　一歩退くと、浦本くんに腕を引かれ、中に連れ込まれた。
「上月さんも一緒に話そうぜ」
「いや、でも……」
　断ろうとしたのに、灰田くんまで「入りなよ」と促してくる。
「コイツは本多七瀬。中島の幼なじみ」
　幼なじみ……。っていうことは、近くに住んでいるってこと？
　だけど、うちの学校では見たことがない。
「高校は違うの？」
　疑問を口にすると、本人が答えてくれた。
「俺は中央」

……中央高校。
　ふと、あることが頭をよぎる。
　幼なじみで、中央高校。
　……これって。
「中島くんの好きな人と一緒だね」
　ホンダくんに向かってそう言うと、相手は「え？」というように首を傾げた。
「一緒って？」
「っあ……、だって中島くん、中央高校の女の子とデートしてたって聞いて。……あと、幼なじみもそこにいるって話だったから……」
　まじまじと見つめられる。
「たぶんだけど、その幼なじみっていうのはオレのことだと思う。そのデートしてたっていうのは、オレが琉生に一緒に帰ってほしいって頼んだ女の子のことじゃないかな」
　えっ？
　思考がフリーズ。
　それってどういうこと……？
「中島くんの好きな人って、中央高校に通う幼なじみの女の子じゃないの……？」
「琉生に女子の幼なじみはいない。それに琉生は、好きな女の子のために煙草やめたって……そんで、持ってた煙草とライターはその子に渡したって言ってたけど」
　涼し気な瞳が細められた。
「どう？　心当たりない？」

ドクン、ドクン。
　心臓がうるさい。
　中島くんが、好きな人に──。
　そんなことありえるの？
　だって、さんざん可愛くないって言われてたのに。
「でも、中島くんは──」
「琉生は昔から、大事なものができたときには距離を置こうとするクセがある」
「えっ？」
　私の言葉を遮ってそう言った本多くん。
「そうしないと、手放せなくなるんだって。軽い依存体質みたいなもので、琉生はそれを自分でわかってる」
　……依存体質？
「そうなったのも、育った家の環境のせい。琉生の父親は小さい頃から琉生にいろんなことを強要して、自分の思いどおりに動かないと暴力を振るうような人だった」
　それってつまり……虐待（ぎゃくたい）。
　体が震える。
「生まれたときから当たり前だったから、琉生はそれが普通じゃないことを知らずに育った。全部、父親の思いどおりにつくられて……だから、本当の自分がどんな人間なのかわからなくなったんだと思う──」
　思い出した。あの日言われたこと。
『本当の俺を一緒に見つけてよ』
　そのあとすぐ、冗談めいて笑っていたから、あまり気に

留めていなかったけど。
「だから琉生は変わらないものを求める。自分のことがわからなくなっても、好きなものがあることで、これが自分だって実感できるから。……だからコーラをいつも飲んでるのも、ただ美味しいからってだけじゃない。たぶんね」
　息をするのが苦しくなった。
　そんなこと知らなかった。
　軽薄で、嘘つきで、最低なんて言ってしまった。
　本当は優しいことも知ってるのに。
「あの……、中島くんは、ほんの5分ほど前に出ていったって言ってたよね」
「ああ、うん」
「どこに行けば会えるかな……」
「えっ？」
　考えるより先に、扉のほうへ足が動く。
「たぶん、繁華街あたりをうろついてるんじゃないかな」
「っ、ありがとう。お邪魔しました……っ」
　お辞儀(じぎ)をして、外へ駆け出す。
　奥のほうで引き止める声がしたけど無視した。
　この土地のことはよく知らない。
　繁華街といっても、広くて、いろんな建物があって、たくさんの人がいて。
　こんなに無鉄砲(むてっぽう)に飛び出したところで、簡単に見つかるわけはないのに。
　体が勝手に動いてしまう。

会いたいって、痛いくらい心が叫んでる。
――中島くん。
――中島くん。
息を切らしながら、繁華街に続く道の角を曲がったとき数10メートル先に、その背中を見つけた。
本当に見つけられるなんて思っていなくて、一瞬 幻(まぼろし)かと思った。
思わず目をこするけど、あのやわらかなそうな黒髪も、立ち姿も、間違いなく中島くんのもの。
――だけど、両隣には女の子がいた。
会えた、という高揚(こうよう)感は、すぐにしぼんで重苦しい落胆に変わる。
足がすくんだ。
……そうだ。いくら本多くんの言葉が本当だったとしても、中島くんが今も同じ気持ちでいる保証なんてどこにもない。
ついこの間、デートなんか冗談だって冷たい声で突き放されたばっかりなのに。
そもそも、勢いで飛び出してきただけで、会って何を言おうとか、何がしたいとか、考えていなかった。
女の子の手が中島くんに触れる。
ぴったりとくっついて……。
胸がぎゅっと苦しくなる。
……やだよ。触らないで。
目頭が熱くなって涙がにじんだとき、ふいに中島くんが

後ろを振り返った。

そして、視線がぶつかる。

ドキン！と心臓が跳ねた。

思わず踵を返す。

「——上月？」

中島くんの声。

近づいてくる足音。

やだ、今は会いたくない。

ひどい顔をしてる。

駆け出した。

走って、走って……。

だけどすぐに息が切れる。

脚の長い中島くんは、すぐ私に追いついてしまう。

「上月——」

「来ないでっ」

腕をつかまれた。

振り払おうとしたけど、強い力がそれを許してくれなかった。

「何やってんの、こんなとこで。しかも1人で」

低い声。

怒ってる。

「おい、はのん。こっち向け」

今度は乱暴に肩をつかまれて、無理やり向かい合わせられた。

こんなに近い距離は久しぶり。

「この前襲われかけたの忘れたのかよ、危ないだろ」
　怖い顔で、危ないだろって。
　怒りながらもちゃんと優しい。
　そういうところが……。
　――すき。
　好き……なの。
「はのん……顔赤い」
　走ってきたもん。
　中島くんに会いたくて。
「汗かいてんじゃん。暑いの？」
　言われて気づく。
　朝に巻いた前髪の内側が、汗ではりついて台無しになってる。
　恥ずかしくて泣きたくなった。
「冷たいの、これしかないけど……」
　中島くんが差し出したのはペットボトル。
　おなじみのパッケージ。
　中島くんの好きなもの。
　長い指がキャップにかかって……。
　くるって、回った――直後。
　パンッと軽い爆発音のようなものが聞こえたかと思えば、次の瞬間、私の胸元あたりをめがけて何かが飛んでくるのが見えた。
　反射的に目を閉じる。
　バシャッと、かかった液体。

冷たくて、濡れた感触。
　2人して固まった。
「……ご、ごめん」
　明らかに焦った様子で中島くんが言った。
「わざとじゃ……、ない」
　うん、わかってる。
　私が走って逃げるから、走って追いかけるしかなくて。
　炭酸が、しっかり振られた状態になってしまったんだ。
「……大丈夫だから」
「でも濡れてる」
「う、うん」
「それに、透けてる」
「……っ！」
　ええっ？！
　慌てて両手で胸を覆う。
　さっきからありえない。
　なんでこんな、恥ずかしい姿ばっかり見せなきゃいけないの……！
「これ着てろ」
　中島くんが上着をかけてくれた。
「そんで、俺ん家すぐそこだから……ついてきて」

好き

「タオル持ってくるからそこで待ってて。拭いたら洗濯機と風呂貸すし、乾くまでは俺の服着とけばいいから」

予想もしていなかった流れに、鼓動はどんどんと加速していくばかり。

玄関で1人待っていたら、すぐにタオルを持って戻ってくる。

「ありがとう……」

受け取るとき、手が触れてまたドキッとしてしまった。

「じゃあ俺そこの部屋にいるから、終わったら勝手に入ってきて」

そう言ってそそくさと背を向けようとする。

「あの、待って……っ」

なぜか無意識に引き止めてしまった。

振り向く中島くん。

「なに？」

じっと見つめてくる。

セリフとか、何も考えていなかったけど。

さっきから気持ちが溢れて、どうしようもなくて。

……好き。

って、今すぐ伝えたくなる。

こんなタイミングで言うことじゃないって、頭ではわかってるのに。

中島くんが離れていっちゃうのが嫌で、そっと袖口をつかんだ。
「……なんだよ」
　のぞき込んでくる。
　近い。
　暑い。
　言えない。
　黙っていたら、指先が伸びてきた。
「……あんまり、可愛い顔するな」
　甘い囁き。
　目の前がふっと暗くなる。
　まだ、好きって言ってないのに……。
　でも、逃げられない。
　触ってほしいって思ってしまったから。
　ちゅ……と優しく触れたのは、唇じゃなくて、ほっぺたあたり。
　名残惜しそうに、ゆっくりと離される。
「唇は外したから、許してよ」
　いたずらっぽくそう言って、中島くんは目を伏せた。
「……なんで拒否んないの？」
　──そんなの。
　答える前に、また唇が落ちてくる。
　今度は髪。
　次は首筋。
　優しく優しく、触れてくる。

「……甘っ。……最高」
　それは、コーラをかぶってるからで。
　中島くんの好きなものだから、こんなに求めてくれるんだって。
　思えばとても恥ずかしい格好をしていて。
　だけど、もうそんなの全部考えられなくなるくらい──。
「外さなくて……いいよ」
「……え？」
「唇……」
　何言ってるの。何言ってるの。
　中島くんの黒い瞳が揺れた。
「私、……私は……」
　ドキドキが加速する。
　自分の声もかき消されるくらいうるさい。
「中島くん、が……中島くんの、……コーラになりたい」
　口にしたとたん、猛烈な恥ずかしさに襲われた。
　好きって言いたかったのに、そのひと言がどうしても出てこなくて。
　でも何か言わなきゃと思って。
　あわよくば伝わったらいいなと思って。
「……っあ、えっと……つまり──」
　しどろもどろ、目を泳がせる。
「中島くんに必要とされたいし、一番って思ってもらいたいし……ずっと、変わらない存在になりたい」
　語尾が弱くなりながらも言いきると、抱きしめられた。

「……なんだよ、それ」
　呆れたように笑う優しい声。
　もうそれだけでいいと思った。
「俺、期待するんだけど？」
「……うん」
「……いいの？」
　がんばって目を合わせる。
　熱い、苦しい、ドキドキする。
「……いいよ」
　抱きしめてくる力が強くなった。
　ぎゅう、ぎゅうって。
　もう離さないって言ってるみたい。
「上月。……俺ね、小さい頃から、父親に暴力受けて育ったんだ」
　耳元で、少しだけ切ない声が響いた。
「でも、生まれたときからそれが当たり前だったから、おかしいことだってわかんなくて。受け入れて生きてた」
　これはさっき、中島くんの幼なじみが話していたことだとわかる。
「普通を知らないなら、異常な環境でも、そこまで苦しまずに生きられるんだよ。でも、行動が全部支配されたせいで、自分のやりたいこと、何ひとつわからなくて」
「……うん」
　言葉の1つ1つを受け止めてゆっくりと相づちを打つ。
「ただ空気読んで、その場、その相手に合った自分を演じ

ることしかできなかった。どんな自分にもなれるけど、本当の自分っていうのがブレて見えて」
「……うん」
「……だから、俺にとっての好きなものが、唯一自分を知る手がかりっていうか。好きってのを実感することで、ようやく自分が形づくられてく気がする」
　今度の相づちは言葉にならなかった。
　目の奥が熱くなって、声が震えるのがわかったから。
「あのとき。上月が、俺のいいところを見つけてくれるって言ったとき、焦って誤魔化したけど、ほんとはめちゃくちゃ嬉しくて」
　少し間を置いて「だからさ」と中島くんが付け加える。
「俺が初めて好きだと思った相手が、"上月はのん"でよかった……」
　私のほうこそ、自惚れていいの？
　ゆっくり中島くんの背中に手を回してみた。
　中島くんの匂い。
　ほんのり甘い、優しい匂い。
　近くに感じられる、大好きな匂い。
「中島くんのそれ、香水？」
　聞いてみる。
「香水はつけてないけど。柔軟剤かもしんない」
「いい匂いで、ずっと好きだなって思ってた」
　そう言うと、また優しく笑って。
「これは、ムスクジャスミン。俺も好きで、ずっと使ってる」

ずっとこの先も変わらないでいてほしいと思った。
　同時に、この香りはどこにも売られていてほしくないと思った。
　……私だけが知っていればいいのに、なんて。
　そんなことを考えてしまうくらい……。
「大好き」
　今度は自然と言葉にできた。
　腕の力が少し弱まったかと思えば、中島くんはそのまま、自分の顔に手を持っていく。
「あー……ヤバい」
「……ヤバい？」
「好きすぎてどうしよう」
　指の隙間からのぞいた瞳が、熱っぽくてドキッとした。
　それは間違いなく私に向けられたもの。
　どんな反応をすればいいのかわからない。
　私だって、たった今気持ちを伝えたばかりで、いっぱいいっぱいなのに。
「はのん」
　名前を呼ばれるだけで、心臓が壊れそうになる。
　「なに？」と返事をすると、ゆっくりと指先が伸びてきた。唇に触れるのかと思って思わず目をつぶったけど、予想は外れ。
「い……ひゃい」
　おなじみの、ほっぺたつねり。
　せっかくの甘いムードだったのに……。

落胆したものつかの間。
「ほんとに夢じゃねえの？　これ」
　顔をほんのり赤く染めた中島くんがそんなことを言う。
「……っ、現実だよ。ていうか、私のほっぺたつねってどうするの。するなら自分にしてよ」
「……うん。それもそーだね」
　軽く笑うと、私から手を離した。
　そして──。
　ちゅ、と唇が落ちてくる。
　……え？
　完全に思考停止。
「な、なに、今の」
「つねるより、たぶんこっちのほうがわかりやすいから」
　言葉を返す暇もなく、目の前が再び暗くなった。
「……んっ」
　触れた部分から熱が伝わる。
　たしかにそうかも。
　この熱さが、現実だって教えてくれるから。
　何度も角度を変えて降ってくるキスの雨。
　慣れてないせいで息があがりながらも、やめてほしくないって思う。
　この熱に包まれていたい。
　甘くてやみつき。
　たぶんこの先もずっと、中島くんに溺れていく。

特別書き下ろし番外編

「にしても可愛かったなー、上月のメイド服」
　終礼が終わったあと昇降口に向かっていたら、中島くんが脈絡もなくそんなことを言うから、廊下で赤面してしまった。
「な、なにを今さら……。文化祭のときは、似合わないから着るなってあれほど言ってたくせに」
「他の男に見せたくなかったんだって。わかれよ」
　さらりと言ってのける。
「あのときの髪型、俺すげー好きなんだけど。あれ、なんて言ったらいいの、両サイドゆるく結んでるみたいな」
「あれはミカちゃんがしてくれたんだけど……。えっと、ハーフツインって髪型だよ」
　アイドルみたいで可愛くて、私も好きな髪型だけど、とても学校であれをする度胸はない。
　しかも、文化祭のときはミカちゃんがメイクしてくれたからなんとか見せられる姿だったけど、普段の私には絶対似合わないと思うし……。
「またしてよ、あれ」
「ええっ、無理！」
「なんで。俺が可愛いって言ってんのに」
「う……」
　不覚にも胸がキュンとしてしまった。
　最近、中島くんが甘すぎて困ってる。
「まーいいや。それより今からどうする？」
　ニッと笑って顔をのぞき込んできて。

「俺んち来る？」
　耳元で低く囁かれると、条件反射みたいにコクッとうなずいてしまう。
　ローファーにつま先を入れながら、すでに暴れ出している心臓をそっと押さえる。
　中島くんの家に行くのは初めてじゃないけど、２人きりの状況を想像しただけで、緊張で倒れてしまいそう。
　だっておかしいんだもん。
　……あんなに口悪くて意地悪ばっかりしていた中島くんが、今じゃとびきり優しくて甘い言葉を吐いてくるから。
　先にスニーカーを履いて、玄関口で待っていた中島くん。
　隣に並ぶと、さりげなく指を絡めてから歩き出す。
「……っ」
　ずっと前から、そうすることが当たり前みたいに。
　有名人な中島くんは、そこにいるだけで十分目立つのに、こんなことをしたら全校生徒の視線を集めてしまう。
「あの、みんな見てるけど……」
「慣れて」
「え？」
「俺にとっては好都合だから」
「……どういうこと？」
　尋ねても返事はなかった。
　好きな人の隣にいられるってとても嬉しいことだけど、中島くんの隣に並ぶ相手が本当に私でいいのか、ちょっと自信がない。

うつむき加減で歩いてたら、背後から人が駆けてくる音が聞こえてきた。
「はのん〜」
　声と同時に振り向くと、笑顔のミカちゃんと視線がぶつかる。
「もう〜めっちゃラブラブじゃん、２人」
　そう言うミカちゃんの後ろには、ミカちゃんの彼氏さんが立っていた。
　こんな近くで見るのは初めてかもしれない。
　意外なことに、ミカちゃんの好きな甘めアイドル顔じゃなくて、クールタイプの塩顔男子。
「ミカちゃんこそ毎日一緒に帰ってるし、週末はいつもデートでしょ？」
「うん。明日はね、一緒に動植物園行くんだあ〜」
「えーいいなあ」
「そして、そのあとはお泊まり」
「ひゃあ、大人……」
　隣に中島くんがいるから声は抑えつつも、興奮は隠しきれない。
　好きな人と一夜を一緒に過ごす……かあ。
「はのんたちは、まだそういうことないの？」
「っ、私たちはまだ……」
　もごもごと誤魔化してみたら、ミカちゃんは中島くんのほうに体を移動させて。
「中島くん〜、こういうのは、男のほうから誘うもんだよ」

コートをツンツン。
「っ!?　ミカちゃんちょっと……!」
　慌てて制するも、間に合わず。
「じゃあ、がんばってね～!」
　中島くんの肩をポンポンと叩き、ウインクすると、彼氏さんの手を取って去っていってしまった。
　そんなセリフを残して置いていくなんてひどい。
　どんな顔して中島くんを見ればいいかわからなくなったじゃん。
「ど、動植物園って、楽しそうだね」
　あえてお泊まりには触れず、話しかけてみる。
「行きたい?」
「え?」
「はのんが行きたいなら、俺も行きたいし」
　思わぬ展開に胸が躍った。
「いいの?」
　動植物園なんて、小学生以来行ったことがないけど、犬とか猫をはじめ、動物は大好きだったりする。
「じゃあ、来週行く?」
「……!　それってデート……?」
「他に何があんの?」
「っ、行きたいです」
　赤面しながら答えると、中島くんはふっと笑って。
「よっしゃ。楽しみ」
「私、白クマとか見てみたい」

「俺は……うさぎとか見たい」

うさぎ。

動物園ってキリンとかゾウとかライオンとか、そういう大きな動物が主役みたいなところがあるけど、小さくて可愛い動物も含め、いろんな種類の動物がたくさんいるから楽しいんだよね。
「うさぎだったら、私の家から２駅の動物園に直接ふれ合える広場があるよ」
「え、マジ？」

中島くんの瞳がキラッと光る。

コーラを目の前にしたときみたいに。

そういえば、この前のライターの柄といい、文化祭の着ぐるみといい……。
「もしかして、中島くんうさぎ好きなの？」

問いかけると、素直な笑顔が返ってくる。
「うん。好き」

本人は自覚ないのかもしれないけど、好きなものの話をするときの中島くんは無邪気で少し子どもっぽくて……可愛い。
「俺、行ったことないんだよね動物園とか。だからはのんと行くのが、人生で初」
「えっ、そうなの？」

動物園に行ったことないって珍しい気がするけど、中島くんが初めてなんて、私も少し気合いが入っちゃう。

ニヤニヤとだらしない笑顔を浮かべながら、手を繋いで

帰る。
　これだけで、すごく幸せだなって思った。

「なあ、ハーフツインって言ったっけ？」
　家に着くなり、中島くんはスマホを操作して何かを調べ始めた。
「あー。たしかにこれだ」
　数秒後、見せられた画面には、ハーフツインをした女の子が表示されていた。
「これ、今からしてみせてよ」
「ええっ!?」
　抵抗する暇もなく、私の髪を１つに束ねていたゴムが外された。
「ちょっと待ってよ。さっきも言ったけど、あの髪型はミカちゃんがしてくれたんだってば。自分だけじゃできないよ……」
「大丈夫。下に、動画付きでセットの仕方詳しく載ってる」
「そういう問題じゃ……、って、ひゃあ!?」
　私の髪をもてあそぶ中島くんの指が首筋に当たって、思わずヘンな声が出た。
「もう、勝手なことしないでよ」
　なんて言いつつ、触れられるのは嬉しいから口元はゆるんでしまう。
　中島くんもそれをわかっているようで、手を止めようとはしない。

手ぐしでほどいてみたり。
　　「三つ編みってどうやんの？」と言いながら、テキトウに取った束をぐねぐねしたり。
　　先のほうを指に絡ませてくるんとしては、何がおかしいのかククッと笑ったりして。
「ねえ、いつまで触ってるの……」
　　って、……あ。
　　後ろに首を動かすと、至近距離で視線が交わった。
　　透き通った黒い瞳が色っぽく細められる。
　　ドク、と動く心臓。
「……髪、下ろしてんの可愛い。結んでても可愛い、たぶん、短く切っても。全部」
　　──"可愛いよ"って、低い声が耳元で響いた直後。
　　そっと唇が塞がれた。
　　片方の手が私の口元に添えられて、もう片方の手は私の腕のラインをたどって指先までたどり着く。
「……っ」
　　唇から熱が伝わって、頭の中がしびれた。
　　キスが深くなると、絡めた指先に力が込もる。
　　こういう経験がほとんどない私は、落ちてくる唇を受け入れるのに必死で。
　　それでも、好きな気持ちはどんどん溢れてくるから、一生懸命応えたいと思う。
　　だけど次第に酸素が奪われていって、頭がぼうっとしてきた。

苦しいけど、それ以上に触れていたいと思ったら、どうしてか、涙がジワッとにじんできて。
「……っ、悪い。夢中になりすぎた」
　気づいた中島くんが唇を離す。
「あ……」
　ちょっと寂しい、なんて思ってしまった。
　でも、続きをねだるのは恥ずかしいし、しつこくして中島くんに引かれるのも怖い。
　繋がった手に視線を落として唇をきゅっと噛む。
「ごめん。苦しかった？」
「苦しかった、けど……」
「……けど？」
「え？　えっと、あの……」
　どうにか逃れようと下を向き続けるけど、再び唇を寄せてきて、あとのセリフをせかしてくる。
　ここで素直になれなきゃ、可愛い彼女になれない。
　もっと自分に自信を持てたら、『足りない』とか『もっと』って言えるんだろうけど。
「何、はのん」
　のぞき込まれる。
　意地悪く笑った口元を見て、また胸がドクッと動いた。
「な……中島くん、慣れててなんかやだ……っ」
　思わず顔を背けてしまう。
　こんなことを言いたいわけじゃないのに。
　また悪いクセが出た。

緊張したら、なぜかケンカ腰になってしまう。
　これは、中島くんにだけ。
「今まで、いろんな女の子とこういうことしてきたんでしょ。私はちょっと触れただけでいっぱいいっぱいなのに、中島くんはいつも余裕たっぷりじゃん」
　これじゃあ、ただのワガママ。
　なんでいつも、こうなるんだろう……。
　中島くんも、こんなこと言われたら怒るに決まってる。
「誰が余裕たっぷりって？」
　ほら、声だってすごく低い。
　顔を見なくても怒りをはらんでいるのはわかる。
　まだかろうじて繋がっていた手にいきなり力が込もって、ビクッとした。
　——のも、つかの間。
「当ててみて、ここ」
　私の手のひらを、中島くんが自分の胸元に誘導させた。
「え……？」
「いいから触れって」
　強めの命令口調。
　逆らうこともできず、おそるおそる中島くんの心臓あたりに手を置いた。
　規則正しい律動。
　だけど、それは、私と同じくらい、もしかしたらそれ以上に速い——。
「言っとくけど、はのんじゃないとこうはならないから」

はあ、と深い息が落ちてくる。
「ちょっとは余裕見せないとカッコ悪いと思って、こっちは常に意識してんの」
「え、う、嘘」
「嘘じゃないっつーの。俺、いつもお前に煽られて大変」
　ほっぺたをぐいっとつままれた。
「……そうやってさ、涙目で見上げられると、そろそろ理性飛びそうなんだけど？」
　中島くんが怒ってないことがわかると、とたんに緊張が解けてくる。
「はあ、よかった……。ケンカになったらどうしようって不安になっちゃった」
「俺だって不安」
「え？」
「はのんちゃん、無防備すぎだし」
　ふと、手が離れたかと思えば、今度は肩をつかまれて。
「っ、ひゃ……」
　あっという間に押し倒された。
「な、中島くん……」
「ずっと言おうと思ってたんだけど。いつまで俺のこと中島くんって呼ぶつもり？」
　こんな体勢でいきなりそんなことを言われても、頭が回るはずもなく。
「……え？　な、なに？」
「だから、名前」

「……名前」
「そう。俺のこと、下の名前で呼んでみ」
「えっ、今?」
「早く呼ばないと襲うけど」
「ちょっと、待……」
　そうしているうちにも中島くんの手は、私の制服の中に侵入しようとしている。
　太ももをなぞられて、ビクッと反応する。
　スカートの裾に触れた指が、布をそっとまくり上げるから、あまりの恥ずかしさにまた涙がにじんできた。
「や……待って」
　自分の手で慌てて制するも、中島くんはその手を簡単にほどいてしまう。
「呼んで、はのん」
「……っ」
　悔しいけど、中島くんに名前を呼ばれると胸がキュンとして、自然と従ってしまう。
「……る、き……くん」
　一生懸命絞り出した声。
　それなのに。
「何、聞こえない」
　意地悪な中島くん。
　楽しんでるみたい。
「……琉生くん」
　今度はがんばって、声を少し大きくしたつもり。

すると なぜか、慌てたように目を逸らされた。
「……無理」
「え?」
「死ぬ……理性が」
　両手で顔を覆って、その隙間から私を見下ろす。
「俺、待てるかわかんない」
「っ——」
「いつまで待てばいい」
　そんなこと言ったって、私だって心の準備できてないし。
　でも……。
「い、1週間……とか?」
　そんな答えが自分の口から出てきてびっくりした。
　中島くんも目を丸くしてる。
「……え」
「う、あ、あの、動物園から帰ったあと……とか」
　だんだん語尾が弱くなる。
　とうとう最後まで言いきれなかったけど、その必要はなかったみたい。
　ちゅ、と触れるだけのキスが落ちてきた。
「ほんとにいいの?」
「……うん」
「……マジで、もらうからな」
　もう一度うなずく。
　軽い気持ちで返事したわけじゃないって、わかってほしくて。

「……死ぬほど優しくする」
　その声が、もうすでに溶けそうなくらい甘くて優しくて。
　目眩がして、ほんとに死んじゃうかも、って思った。
「……デートの日は、ハーフツインにしてくるね」
　愛をくれると、私も可愛くなれる気がする。
　中島くんが好きだってことを伝えたいから。
「俺今、胸焼けしそうなくらい幸せ」
　同じ気持ちだよって意味を込めて、背中に腕を回したら、
倍くらいの力で抱きしめ返された。
　ちょっと苦しい。
　この、苦しいくらいの愛にずっと溺れていたい。

「琉生くん、大好き」

　これからもずっと、伝えていけたらいいな。

　　　　　　　　　　　　　　　　　　＊END＊

あとがき

　こんにちは。柊乃です。
　この度は『クールな優等生の甘いイジワルから逃げられません！』をお手に取ってくださり、誠にありがとうございます。

　こんなに夢中で書いたのは初めて！と思うくらい、中島とはのんの２人を書くのはとても楽しかったです。

　最悪の出会いだったはずなのに、気づけば相手のことを考えている、目で追っている……というような、絶対的マイナス地点からスタートする恋が好きだ！という強い気持ちをこの作品にぶつけました（笑）。

　反発し合ってばかりの２人ですが、なんだかんだ相性はいいので、一生仲良くケンカしている気がします（だいたいいつも中島が折れる）。

　作中に出てきたコーラに、野いちごのサイト上で思いのほかたくさんの反応をいただけたのが嬉しかったです。
　ＳＮＳでも「コーラを飲むたびに中島くん思い出す」などと言っていただけて、思わずスクショしました。
　宝物です……！

じつは私もコーラ大好き人間で、セットドリンクを頼む際はどうしても1番に目がいってしまいます。
　飲みすぎは体に悪いので最低限の自制はしつつ、"推しは推せるうちに推せ"と言うように、好きなものも、飲めるうちに飲め精神でいきたいです。
　そして、コーラとバニラアイスがあれば簡単にコーラフロートが作れます。美味しいので皆さんぜひ……！

　かなり脱線してしまいましたが、結局、"好き"という気持ちは最強だ！という話です（笑）。
　辛いことがあっても、楽しいほうへ引き上げてくれるもの、人を、大切にしていきたいです。

　編集に携わってくださった皆様。
　中島とはのんの、胸キュンなイラストを描いてくださった覗あおひ様。
　そして読者様。
　本当にありがとうございました。
　またどこかでお会いできますように。
　最大級の愛と感謝を込めて。

2019年11月25日　柊乃

作・柊乃(しゅうの)

熊本県在住の学生。女の子の制服が好きで、セーラー服は最強に可愛いと思っている。色は青と真っ赤と黒が好き。惚れっぽい性格で、最近は黒髪とごついシルバーリングの組み合わせに目がない。来世の夢は、しあわせウサギのオズワルドと友だちになること。2017年1月に『彼と私の不完全なカンケイ』で書籍化デビュー。現在はケータイ小説サイト「野いちご」にて執筆活動を続けている。

絵・覡あおひ(かんなぎ あおひ)

6月11日生まれのふたご座。栃木生まれ。猫と可愛い女の子のイラストを見たり描いたりするのが好き。少女イラストを中心に活動中。

ファンレターのあて先

♥

〒104-0031

東京都中央区京橋1-3-1

八重洲口大栄ビル7F

スターツ出版(株)書籍編集部 気付

柊 乃 先生

この物語はフィクションです。
実在の人物、団体等とは一切関係がありません。
一部、飲酒喫煙等に関する表記がありますが、
未成年者 の飲酒、喫煙等は法律で禁止されています。

クールな優等生の甘いイジワルから逃げられません!
2019年11月25日 初版第1刷発行

著　者	柊乃
	©Shuno 2019
発行人	菊地修一
デザイン	カバー　百足屋ユウコ＋しおざわりな
	（ムシカゴグラフィクス）
	フォーマット　黒門ビリー＆フラミンゴスタジオ
ＤＴＰ	朝日メディアインターナショナル株式会社
編　集	若海瞳
	伴野典子　三好技知（ともに説話社）
発行所	スターツ出版株式会社
	〒104-0031 東京都中央区京橋1-3-1　八重洲口大栄ビル7F
	出版マーケティンググループ TEL03-6202-0386
	（ご注文等に関するお問い合わせ）
	https://starts-pub.jp/
印刷所	共同印刷株式会社

Printed in Japan

乱丁・落丁などの不良品はお取り替えいたします。上記出版マーケティンググループまで
お問い合わせください。
本書を無断で複写することは、著作権法により禁じられています。
定価はカバーに記載されています。

ISBN 978-4-8137-0797-4　C0193

読むたび何度でも恋をする…全力恋宣言！
毎月25日はケータイ小説文庫の日♥

心に沁みるピュアラブやキラキラの青春小説、
「野いちご」ならではの胸キュン小説など、注目作が続々登場！

ケータイ小説文庫　2019年11月発売

『イケメン不良くんはお嬢様を溺愛中。』涙鳴・著

由緒ある政治家一家に生まれ、狙われることの多い愛菜のボディーガードとなったのは、恐れを知らないイケメンの剣斗。24時間生活を共にし、危機を乗り越えるうちに惹かれあう二人。想いを交わして恋人同士となっても新たな危険が…。サスペンスフル＆ハートフルなドキドキが止まらない！

ISBN978-4-8137-0798-1
定価：本体590円＋税　　　　　　　　　**ピンクレーベル**

『強引なイケメンに、なぜか独り占めされています』言ノ葉リン・著

高2の仁菜には天敵がいる。顔だけは極上にかっこいいけれど、仁菜にだけ意地悪なクラスメイト・桐生秋十だ。「君だけは好きにならない」そう思っていたのに、いつもピンチを助けてくれるのはなぜか秋十で…？　じれ甘なピュアラブ♡

ISBN978-4-8137-0799-8
定価：本体560円＋税　　　　　　　　　**ピンクレーベル**

『クールな優等生の甘いイジワルから逃げられません！』柊乃・著

はのんは、優等生な中島くんのヒミツの場面に出くわした。すると彼は口止めのため、席替えでわざと隣に来て、何かと構ってくるように。面倒がっていたけど、体調を気づかってもらったり、不良から守ってもらったりするうちに、段々と彼の本当の気持ち、そして自分の想いに気づいて……？

ISBN978-4-8137-0797-4
定価：本体590円＋税

ピンクレーベル

読むたび何度でも恋をする…全力恋宣言！
毎月25日はケータイ小説文庫の日♥

心に沁みるピュアラブやキラキラの青春小説、
「野いちご」ならではの胸キュン小説など、注目作が続々登場！

ケータイ小説文庫　2019年10月発売

『溺愛総長様のお気に入り。』ゆいっと・著

高2の愛莉は男嫌いの美少女。だけど、入学した女子高は不良男子校と合併し、学校を仕切る暴走族の総長・煌に告白＆溺愛されるように。やがて、愛莉は煌に心を開きはじめるけど、彼の秘密を知りショックを受ける。愛莉の男嫌いは直るの!?　イケメン総長の溺愛っぷりにドキドキが止まらない！

ISBN978-4-8137-0778-3
定価：本体590円＋税

ピンクレーベル

『甘やかし王子様が離してくれません。』花菱ありす・著

ましろは、恋愛未経験で天然な高校生。ある日、学校一イケメンの先輩・唯衣に落とした教科書を拾ってもらう。それをきっかけに距離が近づくふたり。ましろのことを気に入った唯衣はましろを特別扱いして、優しい唯衣にましろも惹かれていくけれど、そんな時、元カノの存在が明らかになって…？

ISBN978-4-8137-0779-0
定価：本体570円＋税

ピンクレーベル

『無気力なキミの独占欲が甘々すぎる。』みゅーな**・著

ほぼ帰ってこない両親を持ち、寂しさを感じる高2の冬花は、同じような気持ちを抱えた夏向と出会う。急速に接近する2人だったが、じつは夏向は超モテ男。「冬花だけが特別」と言いつつ、他の子にいい顔をする夏向に、冬花は振り回されてしまう。でも、じつは夏向も冬花のことを想っていて…？

ISBN978-4-8137-0780-6
定価：本体570円＋税

ピンクレーベル

読むたび何度でも恋をする…全力恋宣言！
毎月25日はケータイ小説文庫の日♥

心に沁みるピュアラブやキラキラの青春小説、
「野いちご」ならではの胸キュン小説など、注目作が続々登場！

ケータイ小説文庫　2019年12月発売

『ケータイ小説文庫10周年記念アンソロジー(仮)』

人気者の同級生と1日限定でカップルのフリをしたり、友達だと思っていた幼なじみに独占欲全開で迫られたり、完全無欠の生徒会長に溺愛されたり。イケメンとの恋にドキドキ！青山そらら、SELEN、ばにぃ、みゅーな**、天瀬ふゆ、善生茉由佳、Chaco、十和、*あいら*、9名の人気作家による短編集。
ISBN978-4-8137-0816-2
予価：本体500円＋税

ピンクレーベル

『ツンデレ王子と、溺愛同居してみたら。』SEA・著

学校の寮で暮らす高2の真心。部屋替えの日に自分の部屋に行くと、なぜか男子が…。でも、学校からは部屋替えはできないと言われる。同部屋の有村くんはクールでイケメンだけど、女嫌いな有名人。でも、優しくて激甘なところもあって!? そんな有村くんの意外なギャップに胸キュン必至！
ISBN978-4-8137-0817-9
予価：本体500円＋税

ピンクレーベル

『可愛がりたい溺愛したい。』みゅーな**・著

美少女なのに地味な格好をして過ごす高2の帆乃。幼なじみのイケメン依生に「帆乃以外の女の子なんて眼中にない」と溺愛されているけれど、いまだ恋人未満の微妙な関係。それが突然、依生と1カ月間、二人きりで暮らすことに！ 独占欲全開で距離をつめてくる彼に、ドキドキさせられっぱなし!?
ISBN978-4-8137-0818-6
予価：本体500円＋税

ピンクレーベル

書店店頭にご希望の本がない場合は、
書店にてご注文いただけます。